君が生きたいように自由に生きられる世界――
これが僕からの君へのプレゼントだ

Contents

領地を立て直したい嫌われ者のお色気令嬢は成り上がり貴族に溺愛される

プロローグ

「あなたとの婚約を破棄させて下さい」

月が綺麗《きれい》な夜だった。

招待されてやってきた伯爵家の舞踏会。

私は賑《にぎ》やかな大広間を抜け出し、婚約者と二人で庭に出た。

そして噴水の前に差しかかった時、そのセリフを婚約者に告げたのだった。

「なっ⁉」

婚約者は寝耳に水といった感じで衝撃を隠しきれていない。

「なぜだディアンドラ⁉」

——ごめんなさい。

「ひどいじゃないか！　僕は君を愛しているし、優しく接してきたつもりだ！」

——そう。十三人目の婚約者である彼は決して悪い人ではなかった。

「プレゼントもまめに贈ったし、恋人として愛情表現だってちゃんと……」

——ごめんなさい。ごめんなさい。

「お、男か⁉　男がいるんだな？　まさかそいつとも寝たのか⁉」

逆上した元婚約者はこれまでの紳士の仮面をかなぐり捨て抱きついてきた。

（「も」って何よ、「も」って‼）

「ちょっと！　離して！　嫌っ……」

抵抗したら、乱暴に髪の毛を摑《つか》まれた。強引に唇を押し付けてくる。気持ち悪い。

「いっ…………………！」

私に嚙《か》みつかれた痛みで、元婚約者は弾《はじ》かれたように身体を離す。

「何様のつもりだ。負債だらけの貧乏貴族のくせに……相手を選べる立場だと思ってるのか⁉」

そう吐き捨てるように言うと、ものすごい顔で私を睨《にら》んで去っていった。


（危なかった……）

私は手の甲で唇を拭《ぬぐ》う。恐怖で手が震える。

元婚約者に恥をかかせないよう人気のない所を選んだのが裏目に出た。

「キスだけで済んだのだから、まあよしとしましょう。ど……どうって事ないわ」

自分に言い聞かせるようにわざと明るく言って目の端の涙を拭う。

大丈夫。こんなことくらいなんでもない。

十三回も繰り返された婚約破棄の中にはもっとひどい暴力を振るわれたこともあったから。

悪い人ではなかったけど仕方がない。
だって私が求めているのは恋人ではないのだから。
私が求めているのは『領主』になれる人材なのだ。

第1話　毒婦と呼ばれた令嬢

ディアンドラ・ヴェリーニ、それが私の名前だ。

実家は王都から北、馬車で一日半かかる田舎にある海の近くの領地。

領主である父は子爵で、私はその一人娘だ。

昔は裕福とまではいかなくても、貧しくもなかった。

ところが、ある時から領地の農作物の収穫量がガクンと落ちた。

植える作物の組み合わせや順番を変えてみたり、肥料を投入してみたりとあれこれ試したが一向に改善せず、むしろ悪化し続けている。

肥料の費用がかさむばかりで、領民の生活が立ち行かなくなりつつあるのが現状だ。

（なんとしてでも、優秀な夫を見つけ、領地に連れ帰るのよ！）

そう決意した私は現在、婚活のために領地を離れ、王都のタウンハウスに住んでいる。

領地運営ができて、赤字続きのヴェリーニ領《実家の領地》を立て直せる人——。

私が婚約者に望む唯一の条件だ。

この一点さえクリアしていれば醜男《ぶおとこ》だろうと年寄りだろうと構わないのに。

なのにどうしてこんなにも見つからないんだろう。

多分それは私が『下品で、エロくて、ふしだらな女』だからなのだろう。

勤勉で誠実で頼りがいのある男性はみんな、清楚《せいそ》でか弱い女性を選ぶ。

私のところへは寄ってこない。

「私、何もしてないのにな……」

世の中には能力がなくても〝なんか憎めない人〟というのがいる。

そして逆もまた然《しか》り。私は〝何もしなくても憎まれる人〟らしい。

私は胸もお尻も大きい。

そのせいか、挨拶をしただけで「誘っている」と言われ、転んだ老人を助けただけで「色仕掛けで誘惑した」と言われる。

本当に男ってろくでもない生き物だ。

この世に男がいなければどれだけ平和な日々が送れたことだろう。

そんなことを考えながら庭園を歩いていると——

「奥様、それでパーティーの出席者は……なっ何をするんです！」

「大丈夫よ、主人にはバレないわ」

「い、いやそれはさすがにマズ……うぐっ！　んんんっ」

不倫現場に出くわしてしまった。

うわ……最低ね。キスしてる。

田舎から王都に出てきて驚いたことの一つに、性に対しての奔放《ほんぽう》さがある。

結婚の際に女性に純潔を求める風習はまだ残っているものの、「最後の一線を越えない限りはセーフ」という暗黙のルールを耳にした時は衝撃のあまりのけぞった。

既婚者に至ってはもうなんでもありのようだ。爛《ただ》れている。都会は怖い。

何が理不尽って、そんな人達に私がその方面で『相当な手練《てだれ》』だと思われていること。

さっきの元婚約者の気持ち悪いキスを思い出して怒りが湧いてくる。

あんまりだ。私は真面目に生きてきたのに。

節操のない王都貴族のせいで色々と台なしだ。

ファーストキスは本当に好きな人とするつもりで大事にしてきたのに……。


不倫カップルの横をわざと足音を立てて通り過ぎる。

「キャッ！」

気付いた人妻が顔を隠すようにして逃げていった。

そりゃ目撃されたら困るものね。

残された男性のほうは驚いたように私を見て、

見て…………

見て…………

……ってコイツ、いつまで見てるのよ！

「ディアンドラ・ヴェリーニ……」


背が高く肩幅の広い青年だった。

明るい褐色《かっしょく》の髪と優しげな黄金の瞳をしていた。

あんな濡《ぬ》れ場を見ていなかったら好青年だと思っただろう。

「実物を間近で見たのは初めてだけど、へぇ〜……」

「は？」

「噂《うわさ》には色々聞いていたけど……へぇ〜」

どんな噂を聞いていたかは大体想像つくけど、それ全部デマよ。

王都貴族の貞操観念を基準にしないで！

青年はつかつかと大股でこちらにやってきた。

そして身体がくっつきそうなくらい近くに立つと私の耳元に顔を近づけて
「今見たこと、内緒にしてくれると助かるな。噂が広まると色々と面倒だから……ほら、分かるだろう？」

妙に甘ったるい声でそう言った。

話をするのにこの距離感おかしくない？　近すぎでしょ。

婚約者でもない未婚の男女の距離としては不適切だわ。

それに何が「ほら、分かるだろう？」よ！

まるで私も不倫経験者であるかのような言い草。冗談じゃないわ。

王都の貴族って皆、結婚式の時の祭壇での誓いをなんだと思っているのかしら。

不倫は許されざる背徳行為。神への冒涜《ぼうとく》よ。この国のモラルは一体どこへ行ったの。信じられない。

「内緒にするも何も、あなたがどこの誰かも知らないから言いふらしようがないわ」

「そうか」

青年はしばらく考えてから
「では改めて。ロバート・カルマンだ。よろしく」

そう言うと、無駄に艶っぽい表情でにっこり笑って自己紹介をした。

第2話　女たらしの成り上がり貴族は見た

「ディアンドラ・ヴェリーニ……」

なんていい女なんだろう。

初めて間近で見る彼女はあまりに綺麗で、人妻との情事を目撃されたことも忘れ、しばし見《み》惚《と》れてしまった。

僕の好みドンピシャのメリハリのある曲線美。

思わず顔を埋《うず》めたくなるようなふくよかな胸元。

偶然の出会いを無駄にするのはもったいないので自己紹介した。

「ロバート・カルマンだ。よろしく」


僕の名はロバート・カルマン。家はカルマン商会という貿易商だ。

親父は貧乏男爵家の三男で、継ぐべき爵位も財産もなくふらふらしていた時に衣料品店の娘である母と知り合った。

初めて接する商売の世界に瞬《また》く間に魅せられてハマっていった親父は、商売に関して天賦《てんぷ》の才があったようで、小さな衣料品店は結婚して親父が継いでから飛躍的に成長した。

衣料品店はいつしか百貨店になり、他にもレストランやホテルなども経営するに至った。

しかし三人目の子供が生まれる頃、驚くべきことが起こる。

実家の爵位が親父に突然降ってきたのだ。

上の二人の兄が亡くなって、三男である親父が繰り上がりで跡取りとなった。

そんなわけで、我が家は一応貴族となったものの、本質は商人だ。

そのため由緒《ゆいしょ》正しい家柄の貴族達からは見下されている。

貴族が商売をするというのは下品なことなのだそうだ。


現在、僕は百貨店を担当しているが、うちの商売は基本的に接客業。人脈と情報がすべてだと言っても過言ではない。僕もパーティーや夜会などに積極的に顔を出して、嫌味や陰口にもめげずに情報収集に励んでいる。

今日のパーティーでもいい収穫があった。

ドルージェ伯爵令嬢とリュヴロニク子爵令息の婚約が決まったそうだ。

結婚式はいい。婚礼衣装、新居の調度品、食器や銀器など色々な商品が売れる。

出席者が金持ちだと尚《なお》よし。主催者が見栄《みえ》を張るので、高級品が売れるのだ。

「……というわけで婚約パーティーの出席者を教えていただけませんか、ランバルド伯爵夫人」

「ほほ……ロバートったら。聞かれただけでホイホイ答える人などいると思うの？」

夫人は猛禽類《もうきんるい》のような瞳をギラギラと光らせた。

「さあ！　私が教えたテクニックで私に口を割らせてごらんなさい」

僕とランバルド伯爵夫人の関係は……師匠と弟子のような関係だ。

なんの弟子かというと……まあ……閨房術《けいぼうじゅつ》……とでもいうべきか。


王都の貴族の間では不倫は日常茶飯事だ。結婚前に自由に恋愛することが許されなかった深《しん》窓《そう》の令嬢の中には、結婚してから遅い青春を謳歌《おうか》する発展家が、少なからず存在する。

ランバルド伯爵夫人もそんな一人だ。夫は政府高官で財務省の副長官を務めている。

あれは僕がまだスレてなくてピュアだった頃、夫人の注文の品を自宅に届けに上がったのがきっかけだった。

夫人はエネルギッシュで研究熱心な女性である。その上面倒見もよかった。

僕はあっさり喰《く》われ――もとい、貴重な体験をさせていただき、手取り足取り個人教授を受けることとなったのだった。

その後、僕は立派に成長し、晴れて免許皆伝となった。

夫人と僕は互いにドライな価値観を共有しており、変に泥沼化することもなく、今では夫人が入手した商売の情報と僕が入手した政治の情報を交換する仲だ。

「侯爵位以上の出席者はいますか？」

そう尋ねながら僕は夫人の手を取り口づける。

「いきなり本題から入らない！」

扇子《せんす》で手をピシャリと叩《たた》かれた。

「チッ！　美しい人、あなたは僕を焦《じ》らしているのですね？」

夫人の耳にそっと息を吹きかける。

「どうかこの哀れな愛の道化師にパーティーの出席者をお教え下さい……」

芝居がかったセリフを吐き、甘えるように夫人の手に自らの指を絡める。と同時に手に持っていたワイングラスのフットプレートで夫人の首筋をゆるゆると撫《な》で上げた。

夫人は嬉《うれ》しそうに頷《うなず》いている。

「素晴らしいわロバート！　緩急をつけた指使い。ワイングラスという小道具の活かし方。もうあなたに教えることは何もありません。これからも精進なさい。ではご機嫌よう」

「いや、待って、だからパーティーの出席者教えて？」

「仕方ないわね。じゃあキスで私を満足させてみて」

「いい加減情報下さいってば！」

貴族なんてみんな表面では上品ぶっていても一皮剝《む》けば、子供に顔向けできないようなことをしているものだ。

ランバルド伯爵夫人の大胆さはむしろ清々《すがすが》しくて、嫌いではない。

僕にとって本音で話せる数少ない貴族でもある。

「いいじゃないの。この前だって虎の毛皮売るの手伝ってあげたでしょ」

「ああ、あれはなかなか売れなくて困っていたので助かりました」

そう、先日夫人の情報のおかげで、高価で趣味の悪い虎の毛皮を財務長官に売りつけることに成功したのだ。

夫人がガバッと抱きついてきた。

「なっ何をするんです！」

「大丈夫よ、主人にはバレないわ」

「い、いやそれはさすがにマズ……うぐっ！　んんんっ」

無理矢理唇を奪われる。助けて～！


ガサリ……

不意に音がした。やばい！　誰かに見られたか。

伯爵夫人はサッと顔を隠し、走り去った。

逃げ足の速さはさすがだ。場数を踏んでいるだけのことはある。

音がしたほうを振り向くとそこには

——女神がいた。


神話の女神。実在したらきっとこんな感じかな。絵画を眺めているような気分だった。

しばらくしてからそれがディアンドラ・ヴェリーニであることに気付く。


ディアンドラ・ヴェリーニ。

王都の若者で知らない者はいない有名な令嬢だ。性に奔放で気に入った男がいたら、人の婚約者でも平気で奪う。

そしてしばらく遊んで、飽きたらポイ。毒婦、あばずれ、妖婦……と噂される悪名高き令嬢。

男どもの間で彼女はもっぱら『エロい女』として語られている。

「ディアンドラと寝た」と吹聴《ふいちょう》する輩《やから》は大勢いる。その中心は彼女の元婚約者達だ。

そんな汚らしい噂ばかり聞いていたので、驚いた。

初めて間近で見る悪名高き令嬢は、意外なほど清らかに見えたから。

いや、だからこそ毒婦なのかもしれない。騙《だま》されないようにしないと。

まあでも、僕もあわよくば………？

そんな邪《よこしま》な気持ちで自己紹介をした。

「別に言いふらしたりはしないから大丈夫よ。ふん」

そう言うと彼女はニコリともせず行ってしまった。

僕は慌てて追いかける。このままで終わらせたくなくて。

ああ、なんていい女なんだろう。


ダンスフロアの大広間で彼女を見つける。

「ディアンドラ――」

ダンスを申し込もうとした僕の声はどこかの令嬢の金切り声にかき消された。

「ディアンドラ！　ニックを誘惑するなんてひどいわ！」

「クロエ？　……なんのこと？」

バチン！

令嬢の手がディアンドラの頬を打った。周りの貴族達の間でざわめきが起こる。

ディアンドラは呆然《ぼうぜん》としながら頬を押さえた。

「え、ちょっと待って、誤解よ。ニックって……？」

「あなたが私のフィアンセのニックといるところを見た人がいたのよ。ニックに問い詰めたらあなたに強引に言い寄られたって……」

うわ。なんだこれ。噂に聞く修羅場かよ。

ニックとおぼしき男性が泣きじゃくる令嬢をなだめている。

ディアンドラは唇を噛み締め、ニックを睨んだ。気まずそうに視線を逸《そ》らすニック。

「ひどいわディアンドラ！　一時でもあなたのことといい人だと思った私が馬鹿だったわ。手当たり次第に男性に手を出すって噂はやっぱり本当だったのね！」

泣き叫ぶ令嬢を、みんな同情するような目で見ている。

「！　そ、そんなこと……」

ディアンドラは大きく瞳を見開き、次に眉尻を下げ無言で床を見つめた。

肩が小さく震えてる。

「ディアンドラ・ヴェリーニがまた男性トラブル？」

「今度のお相手はニックですって」

「本当にあの人って……」

周りからヒソヒソとディアンドラを非難する声が聞こえてくる。彼女を擁護《ようご》する者はいない。

ディアンドラは拳をグッと握りしめ、肩を反らして顔を上げた。

そしてキッと強気な笑みを浮かべてこう言った。

「ちょっと退屈だったから誘惑してみただけよ。でもつまらない男ね。婚約者のあなたのことを愛しているからって、私の誘いを断るなんて。しらけちゃった」

腰に手を当てフンっと鼻を天井に向ける。

本当だろうか。なんとなく腑《ふ》に落ちない。

ディアンドラほどの女がこんなつまらない男に声をかけるなんてことあるか？

「ニ、ニック……本当に？」

「クロエ、本当だとも。僕には君だけだ」

ニックが明らかにホッとした表情でクロエをなだめている。

お騒がせな令嬢と婚約者は無事に元の鞘《さや》に収まったようだ。どうでもいいが。

◇◇◇

音楽が流れ、ダンスが始まる。

財務長官の息子を始めとする何人かの男達がディアンドラにダンスを申し込もうと近付く。

飢えた肉食獣の群れのようだ。

「お断りよ」

すげなく断る彼女。

ふふ。僕の出番かな。

「美しいディアンドラ、どうか僕と一曲踊っていただけませんか」

「おことわ……」

彼女に最後まで言わせず、強引に手を引っ張ってダンスホールに引きずり出す。

「ちょっと！　何するのよ！」

そう彼女が怒鳴った時にはすでに僕の腕は彼女の腰に回って、踊り始めていた。

ディアンドラは最初は逃げようともがいていたが、やがて諦めてステップを踏み始めた。

無表情なディアンドラとフロアの中央に進む。

このウエストのくびれ！　最高だ。

「さっきの……本当にニックって奴《やつ》にちょっかい出したのか？」

話しかけながらも、僕の視線は彼女の胸元に釘《くぎ》付けだ。

ああ、なんという素晴らしい眺め！　眼福《がんぷく》。

「さあね。あなたには関係ないわ」

「叩かれたところ痛くないかい？」

綺麗な顔に手の跡なんかつけて。可哀想《かわいそう》に。

僕が慰めてあげたいよ……できればベッドの中で。

「よくあることよ。どうってことないわ」

ディアンドラはニコリともせず、ピシャリと言い放つ。

……よく、あるのか？　もしかして僕もワンチャンいけるかも？

「ねえ。ロバート・カルマンと言ったわよね」

「ああ」

いい女だなぁ。

「カルマン商会の人よね？」

「ああ。長男だ」

ドレス……脱がせてみたいな。

「おたくは農業用の肥料なんかも取り扱いがあるのかしら？」

ん？　なんだって？

僕の桃色の妄想をぶち壊すような単語が飛び出したぞ。

僕は豊かな胸の膨らみから視線を外し、彼女の顔を見た。お？　顔も美しいな。

「堆肥《たいひ》はもちろん取り扱ってるよ」

「リンの含有量が多めの堆肥もしくはリン酸の肥料単体で欲しいのだけど、値段は交渉できる？」

なんだこの会話。萎えるんだけど。

「堆肥のベースは何かしら？　馬糞《ばふん》？　それとも牛糞？　鶏糞？」

は？

嘘《うそ》だろ勘弁してくれ。なんで今その話？　堆肥の話題を切り上げ、いいムードに戻さなきゃ。

予定よりちょっと早いが僕は彼女を口説くことに決めた。

彼女の腰に回した手を少しずらして、中指でそーっと彼女の背骨を撫で上げる。

ビクッと彼女の身体が強張《こわば》った。

ふふ……かかった。

馬糞の話よりもっと色っぽい話をしようよ、せっかくなんだからさ。ね？

彼女は頬をあからめ潤んだ瞳で僕を見上げ「もうっ。イケナイ人ね」と甘い声で囁《ささや》く。

……はずだったのだが。


「ちょ、ちょっと何よ今の⁉」

「ん？」

「い、い、今なんか背中を撫でなかった？　なんで？」

なんだか間抜けな反応が返ってきたぞ。

なんでって……決まってるじゃないか。

「さあ？　なんのことかな。ちょっと手の位置を変えただけなんだけど……。ごめんね？」

「そ、そう？　気のせいだったのかしら。大丈夫よ」

眉間に皺《しわ》を寄せ、首を傾《かし》げている。でもちょっと頬が赤い。

いやいやいや。気のせいのはずないだろ。だって君、ちょっと感じてたでしょ。

変だぞ。なんか噛み合わない。

まさか。

彼女の手を握っているほうの手。僕は自分の中指をゆっくり曲げる。

そして彼女の掌《てのひら》をくすぐるように軽くなぞる。

あ、コツは鳥の羽のようにソフトに……ね。

「なっ……！」

彼女が反応した。ほら、気持ちいいでしょ？

これ、周りに気付かれずに女性を口説くのに使える技。

うちの店で女性に商品を買ってもらう際にもよく使うかな。

「あれ。どうかした？」

わざととぼけて見せる。

ねえ？　このまま今晩一緒に過ごさない？　もっと気持ちいいことしてあげるよ。

「な、なんでもないわ。……偶然？」

ディアンドラはツンとすました顔をするも、どことなくオドオドと目が泳いでいる。

なんで僕の顔を見ないんだ？　さっきから視線で話しかけてるんだからこっち見てよ。

今晩ＯＫなのかどうか聞いてるんだけど。何ブツブツ言いながら目を泳がせてるんだよ。

ねえ、ねえってば！


……………うん。

断言できる。僕の独自の統計から見てこの反応は。

このダサすぎる反応は。
ディアンドラ・ヴェリーニ……君《きみ》、男性経験ないだろ。

第3話　ひとりぼっち

〝笑わない、甘えない、優しくしない、泣かない、頼らない〟――

私が安全に生活するため、男性と接する時に気をつけている五箇条だ。

気を抜くと奴らはすぐつけ上がる。そして自分に都合のいいように解釈するのだ。

その結果、被害に遭うのはいつもこちらのほう。

先日の舞踏会は散々だった。

元婚約者には無理矢理キスをされ、女友達にはビンタをされた。思い出しただけで凹《へこ》んでしまう。

クロエは最近親しくなった女友達だった。公園で落とし物をした彼女を助けたことがきっかけで仲良くなって、今度二人でドレスを見に街へ行こうと約束していたのに。

ニック、あのゲス男め。思い出しただけで虫唾《むしず》が走る。

数日前、街で買い物中に声をかけられ、しつこく絡まれたのだ。

自分の屋敷でワインでも飲まないかと誘われたけど、もちろん即断ったわ。

なのにベタベタ肩などを触ってきて、卑猥《ひわい》な言葉を投げかけられた。

下品な男だと思ったけど、まさかクロエの婚約者だとは思いもよらなかった。

あの場でゲス男が私に言ったことをぶちまけてやろうと思ったんだけど。

クロエの顔を見て気が変わった。クロエは彼のことが好きなのね。

このままクロエがあんな男と結婚してしまっていいのかどうかちょっと悩む。

でも政略結婚って、この程度のことでは覆《くつがえ》らない。

だったら、私一人が悪者になるのが一番いいと思ったのだ。

お友達がいなくなってしまうのは寂しいけど、みんなの非難の視線が痛かったけど、いいの慣れてるから。どっちみち私の評判は変わらない。


『ディアンドラは母さんに似て別嬪《べっぴん》さんだから将来は引く手あまただな』

私を目に入れても痛くないほど可愛《かわい》がってくれている優しい父。

私の王都での評判を聞いたら、さぞ心を痛めるに違いない。

そして亡くなった母にも……申し訳なくて胸が痛い。

私の両親は大恋愛の末、結婚した。

小柄でぽっちゃりしている父と、か弱く可憐《かれん》な母。

口の悪い領民に『美女と野獣』だとからかわれていた二人は、とても仲の良い夫婦だった。

うちの領地を馬車で通過中に体調を崩した母を父が助け、一目惚《ひとめぼ》れしたのが始まりだったそう。

母は生まれつき身体が弱かったため、父は周囲から結婚を反対されたらしい。

でも大人しい性格の父が、この時ばかりは譲らなかった。

そして母も、そんな父の想《おも》いに応えるように、周囲に反対されながらも無理を押して子供を産んだ。

でも残念ながら生まれた私は女の子で。

この国では、後継ぎは基本男性である。男児がいない場合は例外的に女児が継ぐことも認められてはいるが、あくまで便宜上だけで、実際に領主としての仕事を行うのはその女児の夫だ。

私が十二歳の時、母は再び妊娠する。

しかし生まれた子は死産で、産後の肥立ちが悪かった母は寝付いてしまう。

そして一年ほど経《た》った頃……眠るように亡くなった。


どうして私は男の子に生まれなかったんだろう。

日に日に弱っていく母を見ながら、そう思わなかった日はない。

私が男の子だったら、二度目の出産は必要なかったはず。

申し訳なくて泣く私に、父と母は優しく微笑《ほほえ》んで言った。

『何を言うんだディアンドラ。お前は母さんの美貌《びぼう》と私の健康、二人のいいところばかりを受け継いでいるじゃないか。神様には感謝しかない』

『あと、お父さんの優しくて真面目なところも受け継いでいるわ。私達は本当にラッキーね』

優しくて美しい母。

私がどんな失敗をしても、必ずいい面を探して褒めてくれた母。

もし私が男の子だったら母は死なずに済んだ……。私が女の子だったから母は死んだのだ。

だから――。

私はなんとしてでも優秀な夫を見つけて、領地を立て直す。

母の死を無駄にしないためにも。

◇◇◇

王都にいくつかある銀行。

貴族、それも女性は滅多に出入りしないこの場所で、私は明らかに浮いていた。

「おやおや、これは美しいレディだ。何かお探しですか」

銀行の重たい扉を開けて恐る恐る中に入ると、行員の男性がさっと私を一瞥《いちべつ》し、にこやかに話しかけてきた。服装から、私が貴族であると判断したのだろう。

「こんにちは。ごめんなさい、予約はしていないのだけれど……」

「構いませんよレディ。本日はどのような御用向きで？　フィアンセを訪ねていらしたのかな。

それともお父上を？」

恋人や家族の顔を見に職場に押しかけてきた令嬢だと思われたらしい。

「いえ……あの……お金を貸していただけないかと」

男性の態度が途端に変わる。

「あなたが？　どなたかの名代《みょうだい》で？　委任状はお持ちですか」

「私が直接お話を伺いたいのです」

「……事業主の方以外とのお取引は致しかねます。お父様なりフィアンセなりをお連れになり出直されては？」

まるで子供をなだめるように言われる。まるっきり相手にされていないのだ。

当たり前だ。私は銀行に預金してくれる金持ち貴族の令嬢ではなく、自分名義の財産もないくせにお金を借りにきた貧乏娘なのだから。

(この程度の拒絶でめげてる場合ではないわ。食い下がるのよディアンドラ！)

「お願いです、うちの領地に融資していただけませんでしょうか！」

「どうぞお引き取り下さい。そこの君、このレディを出口までエスコートして差し上げたまえ」

行員はさっと手をあげて警備員を呼び、私を追い出そうとする。

「お願いです！　話だけでも聞いてもらえませんか！」

「――これは一体なんの騒ぎかな」

「支配人」

仕立てのいい上着を着た白髪まじりの紳士が廊下の先から顔を覗《のぞ》かせた。

「事情は分からんが、レディにそんな乱暴な態度はいけないね。そちらのお嬢さんを私の執務室にお通ししなさい」

よく分からないけど、偉い人なのだろう。

私を追い返そうとしていた行員が大人しく命令に従っていたから。


革張りの応接セットが据えられた立派な執務室に案内される。

「紅茶はお好きかな？　取り寄せたばかりのいい茶葉があってね」

「いいえ、お構いなく」

紳士はお茶の用意をさせると、人払いをした。

「さて。お金を借りたい……とのことだったね」

「融資を……していただけないかと思いまして……」

私は一生懸命、ヴェリーニ領の窮状《きゅうじょう》を説明した。

痩せた土地で領民が生活していけるだけの収穫をあげるには肥料が必要だ。その肥料を購入するためのお金を貸して欲しい。

今、土壌の調査を進めている。収穫高が落ちた原因が究明され、土壌改良された暁《あかつき》には必ず利子をつけて返済するから……と。

「なるほど……頼りになる男兄弟もいなくて、さぞかし大変だったことでしょう」

久しぶりにかけられた優しい言葉に、思わず涙が出そうになる。

「あ、ありがとうございます」

紳士は私の顔をじっと見つめ、優しく微笑んだかと思ったら……なぜかネクタイを緩めた。

次の瞬間——

「あなたのような美しい女性はもっと楽しいことだけを考えて過ごすべきだ」

そう言うなり私の肩に手を回してきた。

好色そうな表情は、先ほどまでの優しい紳士とはまるで別人だ。

「なっ！　何をするのです！」

「そんなに固くならないで。慰めてあげようと言っているだけだ」

油ぎった手が肩から二の腕、そして腰へと滑り降りて来る。鳥肌が立った。

「離して下さい！　人を呼びますよ」

紳士の手を払い除《の》け、身を遠ざける。

「人聞きが悪いね。何も無理強いしようというんじゃない。楽しいひとときを一緒に過ごしてドレスの一枚でも贈ってあげようと思ったのだがね」

「失礼します」

「残念だよ。まあ、その気になったらいつでも来なさい」

支配人は喉の奥でくっくと笑った。


部屋の扉口で足を止めて尋ねる。

「一つだけ教えて下さい……もし私が男性だったら、融資をしていただけましたか？」

馬鹿にしたような笑いを浮かべる支配人。

「融資というのは慈善事業ではないのだよ。回収の見込みが低そうな君の領地にお金を貸してくれる人はいない。君個人に小金を使ってくれる男性は大勢いるだろうがね」

唇を噛み締め、逃げるように銀行を後にする。背中に刺さる、憐《あわ》れむような視線が痛い。

私は無知で無力な小娘でしかないことを思い知らされた。

『融資は慈善事業ではない』

『回収の見込みが低そうな領地』

悔しいがその通りだ。借金して肥料を投入してもその場凌《しの》ぎにしかならない。

負債の返済どころか年々借金が膨らんでいるのが現状なのだ。

どうしたらいいのだろう。出口のない迷路の中を彷徨《さまよ》っている気分だ。

歩いても歩いてもどこにも辿《たど》り着けない。

お金もない、人脈もない、情報もない、友達もいない。
ここには私の味方は誰もいない。
私は……ひとりぼっちだ。

第4話　不純な動機

「お前はうちの事業の本質を分かっていない！」

デカイ金の指輪をはめた拳で親父が机を殴る。とても貴族の生まれとは思えない柄の悪さだ。街でもゴロツキが道を開けるくらいだしね。

我が家で一番〝貴族成分〟が多いはずの親父が、一番貴族らしからぬ風貌をしているのはなんとも皮肉である。

「ちゃんと数字を出しているんだから文句はないだろ、親父」

「安っぽい商売をして店の品格を貶《おとし》めるような真似《まね》はやめろと言ってるんだ！」

はて。安っぽい商売とはどれを指しているのだろう。

婚約しているくせに僕に擦り寄ってきて、わざわざ他人の悪口を教えてくれる令嬢に似合いそうなドレスを薦めたこと？

それとも自分の娘と結婚するのは由緒正しい家柄の貴族以外あり得ないと言っておきながら、やたらと僕にボディタッチして来るマダムに宝石を見立てて差し上げたこと？

はたまた商売は卑《いや》しい者がすることで、我が家は紳士クラブのメンバーに相応《ふさわ》しくないと言った伯爵様に見た目だけ立派な高価な馬車を売りつけたこと？

僕が四歳だった時、我が家は突然貴族になった。

これまで出入りが許されなかったパーティーや劇場に行けるようになり、カルマン商会は顧《こ》客《きゃく》のターゲットを庶民から貴族にシフトした。ビジネス的には大成功だったはずだ。

でも庶民の子供の間では人気者だった僕は、貴族社会では一気に最下層に転落した。

何をしても馬鹿にされるようになったのだ。否《いな》、何もしなくても馬鹿にされる。

『そんなことも知らないのか、育ちが悪いんだな』

『卑しい身分のくせに』

『これだから商人は下品で困る』

悲しかったけど、知らないことが多いのも事実なので、マナーも教養も一生懸命勉強した。

面白いことに、生まれも育ちも貴族なはずの親父は、そういった教育に否定的で、「ふん。そんなお飾りの教養なんてなんにもならねぇよ。うちの二人の兄を見てみろ」と鼻で笑った。

亡くなった父の兄達は放蕩者《ほうとうもの》で財産を食い潰し、うちに回ってきたのは爵位と負債だけ。

もちろん、負債は父が秒で返済したらしいが。

子供の僕は、自分が貴族のように〝上品〟になりさえすれば受け入れてもらえるのだと思っていた。

しかし、成長するにつれそんな日は来ないことを悟る。

上品なのは上辺《うわべ》だけ。それが貴族社会だった。

古い因習《いんしゅう》を守ることだけが彼等の生きがい。

商人を馬鹿にするのも、裕福な我が家をやっかんでいるだけ。

さらに、彼等が裏でやっている行為の下品さときたら！

不貞、誹謗中傷《ひぼうちゅうしょう》、足の引っ張り合いに犯罪の揉《も》み消しまで。

なぜこんな奴らに見下されなければならない？

受け入れられようと頑張ってた自分はなんておめでたいんだ。


「お前、色を使って女性客に大量に衣料品を売りつけているそうだな」

「ご心配なく。後で責任を取らされるほどのことはしていない」

「似合いもしない商品を売りつけるのはやめろ」

「彼女達の品性にピッタリのドレスだ。本人が似合うと信じてるんだから問題ないだろ」

「お前がそう信じ込ませたんだろう⁉　調子のいいことを言って。それが詐欺だと言ってるんだ！」

正直、僕のことを見下していた高慢ちきな令嬢が、モーションをかけた途端ころりと態度を変えて言いなりになるのは気分がいい。

「調子に乗るな、若造が！」

親父が俺を睨みつける。まるでヤクザだ。

「いきがって、経験豊富ですみたいな顔しやがって……。愛情を持って女を抱いたこともないくせに。俺からすればお前なんて童貞も同然だ！」


コンコン！

書斎のドアが開き、妹のキャロラインがひょっこり顔を出した。

縦ロールのツインテールの上でリボンが揺れる。

「お茶にしましょうってお母様が」

「おお、キャロライン！　今日も可愛いな」

ヤクザのようだった親父が突然豹変《ひょうへん》し、相好《そうごう》を崩す。


キャロラインは三人兄妹の末っ子で、我が家唯一の女の子だ。

意見が合わないことが多い僕と親父だが、キャロラインに関してだけは一致している。

『可愛いキャロラインだけは誰にも馬鹿にさせない』

だから彼女は常に最高級のものに囲まれて育った。

それでも、家業のことで意地悪をしてくる人はいるもので。

あるお茶会で、偶然キャロラインと伯爵令嬢のドレスがかぶってしまったことがあった。

まったくの偶然なのだが、キャロラインが真似をしたことにされてしまったらしい。

令嬢達は皆キャロラインを責め、伯爵令嬢に媚《こ》びへつらった。

それを聞いた親父は激怒した。

以後、妹のドレスはすべて一点ものになった。

うちの縫製部が仕入れた珍しい生地は必ず、まずキャロラインのドレスに使われ、時間を空けてから店に並べるドレスに回されるという徹底ぶり。王都の令嬢達はどんなにお金を積んでも同じドレスを手に入れられない上、同じ生地も妹より後にしか使えないのだ。

キャロラインは高位貴族というものに憧れを持っている。

可哀想に……家柄にコンプレックスがあるのだろう。

そこで親父はあらゆるコネを使って侯爵家の子息との婚約にこぎつけた。

アドニス・バーンホフ――。外務長官で侯爵の父親と王族の母親を持つ、眉目秀麗《びもくしゅうれい》な貴公子だ。

キャロラインも大喜びだったのだが、やはり相手が大物すぎたのかもしれない。

可愛い妹は蔑《ないがし》ろにされ、僕と親父が怒り狂って「婚約なんか破棄してしまえ」と騒ぎ、破談となったのである。

この忌々《いまいま》しいアドニス・バーンホフ、実はディアンドラと仲が良いのだ。

よくパーティーで親しげに話し込んでいる。

（やっぱ、デキてんのかなぁ、あの二人）

もっぱらそう噂されていた。なんだかモヤッとする。

「——それでオフィーリアというお友達ができたの。とってもいい子なの。それでね……」

楽しげにしゃべるキャロライン。テーブルいっぱいに並べられた焼き菓子。

親父は菓子を食べながら、「こういう菓子を複数詰め合わせて売ってみてはどうだ」と母に相談する。家族の団欒《だんらん》は常に新商品開発の会議になるのが我が家の日常だ。

僕は黙ってティーカップを口に運びながら、ディアンドラとアドニス・バーンホフの関係について考える。

（先日のディアンドラの様子では……バーンホフとは何もないだろう）

あの手この手で口説いたのにまったく意味が通じなかったのだ。

妖艶《ようえん》な見た目からは信じられないことに、まるで子供のような反応だった。

戸惑い、おどおどする様子が可愛らしくて……。

初めて間近に見たディアンドラ・ヴェリーニは美しかった。

この僕でさえ、魂を抜かれかかったくらい。毒婦と呼ばれるのも頷ける。

それにしても彼女はなぜ頻繁に婚約しては破棄を繰り返しているのだろう。
男漁《あさ》りをするならわざわざ面倒な婚約なんて必要ないはずだ。
彼女は本当に噂のように数々の男性と関係を持ったのか？
それともまったく男性経験がないのか？　謎である。
（いいね。ミステリアスな美女。最高にそそる）
レモンのミニタルトを口に放り込んで、指についたクリームをペロリと舐《な》める。
だったら噂の真相解明に一番乗りしてやろうじゃないか。
この僕がバーンホフよりも先にディアンドラを抱く。
王都中の貴族達の鼻を明かしてやるぞ。さぞかし気分がいいに違いない。
『愛情を持って女を抱いたこともないくせに――』
不意に先ほどの親父の言葉が甦《よみがえ》り、なぜか胸がチクリと痛んだ。

第5話　水色のパラソル

領地の収穫量が落ちている原因を調べて。

それが分かるまでは、とりあえず肥料を投入して凌いで。

えーと、差し当たってするべきことは肥料代の工面と……

「ディアンドラ！」

考え事をしながら図書館に向かって歩いていたら不意に名前を呼ばれた。

振り返ると青白くひょろりとした男性が立っていた。

ナイジェル・レヴィ――財務長官のレヴィ侯爵の長男だ。

「奇遇だな。これから一緒に飲まないか？」

私はこの男の陰鬱《いんうつ》とした卑屈そうな表情が苦手だ。いつも舐め回すように見てくるから気持ち悪い。

運悪く、結構な頻度で遭遇してしまうのよね、この男。

昼間からお酒なんてとんでもない。本当に王都の貴族って堕落しているわ。

「私、お酒は飲まない主義なの。まして男性とは」

そう言って通り過ぎようとしたのだけど。

「そうつれなくするなよ。領地、赤字続きなんだろう？」

少し酔っているのか呂律《ろれつ》が回らない様子だ。

「なあ、相談に乗ってやるよ。話してみろよ」

「結構よ。私急いでいるので失礼するわ」

肩に置かれた手をピシャリと跳ね除け立ち去ろうとしたのだが、逆上したナイジェルに裏路地に引きずり込まれてしまった。

「お高く止まってんじゃねぇよ」

腕力では男性には敵わない。

「援助してやるって言ってるんだぞ。そんなに俺が嫌いかよ！」

壁に押し付けられて身動きが取れない。

「お、おい、暴れるなって」

全力で抵抗するけど、振りほどけない。助けて！

「おい！　何をしている！」

背の高い男性が割って入ってくれ、細身なナイジェルはあっさり投げ飛ばされた。

「大丈夫か？　……ってディアンドラ・ヴェリーニ⁉」

「え？」

――ロバート・カルマンだった。

ナイジェルは悔しそうにロバートを睨みつけると去っていった。

私はホッとため息をつく。

「君も色々大変そうだね〜。怪我《けが》はないかい？」

「ありがとう。大丈夫よ」

「その格好じゃ帰れないよね。うち、すぐ近くなんだけど寄って行かない？」

ナイジェルと揉み合っているうちにドレスの肩のところが破れてしまっていた。

「結構よ。男性の家なんかに上がったらそれこそ何されるか分からないもの」

男性とは二人きりにならないよう常に心がけているのよ。

ロバートは爽《さわ》やかに笑った。

「違うよ。自宅じゃなくて店。うちの百貨店、すぐ隣だから」

と言って隣の建物を親指で指さした。

「あ……」カルマン百貨店だ。

店なら従業員もお客さんもいるから大丈夫だろう。

正直助かった。針と糸でも貸してもらおう。

カルマン百貨店は王都一の大型商店だ。

それまで靴は靴屋、宝石は宝石店といった具合に小型の専門店しかなかったこの街に、この大型店はちょっとしたセンセーションを巻き起こした。

一つの店で全身トータルコーディネートが可能ということで、お洒落《しゃれ》好きな令嬢達がこぞって押し寄せた。

最近では紳士用品部門に続いて、インテリア部門もオープンし、その勢いは止まるところを知らない。


私達が店に足を踏み入れると、従業員達がにこやかに挨拶してくれる。活気があって気持ちがいい。

「坊っちゃん、今日お連れのお客様はまた一段とお美しいですな」

番頭らしき初老の紳士が声をかけてきた。

「だろ？　でも客じゃないけどね」

ロバートが肩に手を回してきた。

「いえ、客です！」

速攻で否定し、その手を叩き落とす。油断も隙もあったもんじゃないわ。

番頭さんの口ぶりから、頻繁に女性を連れて来ていることが伺える。

ロバート・カルマン……女たらしだ。

針と糸を貸してもらって、破れたところをとりあえず簡単に留めてから帰ろうと思っていたのに、「レースの部分は素人《しろうと》では直せないよ。うちで預かって修繕するから、違うドレスを着て帰りなよ」と言われた。

もう着られなくなってしまうのももったいないので、修繕してもらうことにする。

「好きなドレスを選ぶといい。プレゼントするよ」

「結構よ、自分で買うわ。男性にプレゼントをもらうと見返りが怖いもの」

そう。男性からのプレゼントは家に送られて来たもの以外、極力受け取らないようにしている。

『タダより高いものはない』とはよく言ったもので、大抵の場合、見返りを求められるのだ。

ロバートは同情するような目で私を見てため息をつく。

「美人も色々と大変なんだねぇ」

色とりどりのドレスを眺めながら、少しワクワクした。さすがはカルマン百貨店だ。品揃《しなぞろ》えが充実している。でもうちは経済的に苦しいから、なるべく安いものにしよう。

ふと、パステルカラーのフリルがたくさん付いたドレスが目に留まった。

(可愛い……！)

胸元いっぱいのフリル。おへその位置で結んだ大きなリボン。

ピンクの砂糖菓子のような愛らしいドレス。私の憧れそのものだ。

見惚れていたらロバートに気付かれてしまった。

「試着してみたら？」

「いいえ結構よ」

「試着するだけならタダなんだから、楽しんで行って！」

ロバートはそう言うと、さっとドレスを手に取り、着替えを手伝ってくれる女性店員と共に私を試着室に押し込めてしまった。

この可愛いドレスを着てみたくなかったと言えば嘘になる。

私はちょっとドキドキしながら袖を通した。愛らしい妖精のようなベビーピンクのドレス。

そのふわふわした可憐なドレスは、

——恐ろしく私に似合っていなかった。

分かってはいたけど、鏡に映る自分の姿を見て心底悲しくなった。色も形も何もかもが合っていない。

体型のせいで、下にしなやかに垂れるはずのフリルが前に突き出している。

別に太っているわけではないのに、私がフリルや首元の詰まった服を着るとなぜか着膨れする。

先ほどのウキウキした気持ちはすっかり萎《しぼ》んでしまった。

私はため息をつき、着たばかりのドレスを脱いだ。

「あれ？　あのドレスもう脱いじゃったんだ。残念、見たかったのに」

試着室から出てきた私を見てロバートが笑顔で言った。

「だって。似合わないんだもの」

ロバートはちょっと考えてから、別のドレスを持って来た。

「これ着てみて。雰囲気的に、こういうほうが似合いそうだから」

ロイヤルブルーのシンプルなドレス。

着てみたら怖いくらいにピッタリだった。この人、なんで私のサイズが分かったのかしら。

「うわぁ！　美しい。惚れてしまいそうだよ！」

ロバートが手を叩いて大はしゃぎしている。

「ちょっと胸元が開きすぎじゃないかしら」

「でも上品なデザインだからいいんじゃないかな。せっかくデコルテが綺麗なのに、隠すのはもったいないよ」

そのドレスは確かに私によく似合ってはいた。デザインも洗練されていて素敵だった。

でも――

「こんなドレスを着ていたらまた『男を誘ってる』って言われる……」

女性らしさを強調するようなデザインを着てはいけないのだ。

自分で言いながら悲しくなってしまう。

「……こういう格好をする女性は襲われても本人が悪いんですって」

「そんなひどいこと言う奴がいるのか……」

顔を顰《しか》めて黙ってしまったロバートだが、やがて何かを思いついたようにポンと手を叩く。

そして、どこからか黒のレースでできた薄いショールを持って来ると、ささっと素早く折り畳み私の肩にかけた。器用にリボン結びにし、全体を整え胸元に綺麗なドレープを作って——。

「あ………」

驚いた。

まるで最初からデザインの一部のように馴染《なじ》んでいる黒のショールは、開きすぎの胸元もさりげなく隠してくれている。

「どうだい？」

ロバートは得意げに言うとニヤッと笑って続けた。

「でもこれで終わりじゃないんだな〜。はい」

そう言うと一本のパラソルを差し出してきた。

黒いレースと水色の光沢のある生地を交互にあしらったパラソルだ。

そして縁には水色のオーガンジーのフリルがこれでもかというほど付いている。

(可愛い……)

ショールの黒と似たようなレースが使われているため、上手《うま》くリンクして違和感がない。

動く度に縁のオーガンジーがふわふわ揺れて可愛らしい。

「うん。すごく可愛い。似合ってる」

ロバートがにっこり笑った。

「フリルって小物で取り入れることもできるんだよ」

私が先ほどドレスのフリルに見惚れていたのに気付いていたのだろう。

「あ、ありがとう……」

フリルは似合わないと諦めていたけど……パラソルならおかしくない。

嬉しくて胸がドキドキする。

だってずっとこういう可愛いものに憧れていたんだもの。

「すごいわ。さすがはカルマン商会さんね」

「だろ？　いつもこうやってショール一枚買いに来ただけの客についでにドレスやパラソルも買わせてるんだ。ははっ」

茶目っ気たっぷりにロバートが笑った。

「せめてパラソルくらいはプレゼントさせてくれよ」

「でも……」

「大丈夫、見返りなんて要求しないよ。無理矢理っていうのは好きじゃない」

この人……案外いい人なんじゃないかしら。

「女性を感動させて、僕に惚れさせてから『いただく』主義なんだ」

そう言って肩に手を回してきた。

「どう？　そろそろ僕に抱かれたくなってきたんじゃない？」

「なりません！」

前言撤回しよう、うん。

◇◇◇

店員の一人がロバートを呼びに来たので、私はしばらく一人で店内を見ていた。

すると――。

一人の小柄な少女が私の目の前に立ちはだかった。

縦ロールのツインテールをリボンで結んでいる。

可愛い。いいな。こういう子ならあのフリフリドレスも似合いそうだ。

「ちょっとこの女狐《めぎつね》！」

……ん？

「なんでロバートに服を選んでもらって、肩なんか抱かれてるのよ！」

ええー！　まさかの恋人登場⁉

「ロバートに手を出したら承知しないんだから！」

またこの展開。もう嫌だ。

はぁ、仕方がない。心の中でため息をつく。げんなりしつつも背筋を頑張って伸ばす。

そしてわざと意地の悪い表情を作り、言い慣れたセリフを放った。

「ちょっと退屈だったから誘惑してみただけよ。でもつまらない男ね。恋人のあなたのことを愛しているからって、私の誘いを断るなんて。しらけちゃった」

〝彼が好きなのはあなたなのよ、だから心配しないで〟ということを伝えるためのセリフ。もう何度演じたことだろう。

片手は腰に。もう片方の手でバサッと髪をかきあげる。

演じ慣れた悪女のセリフはバッチリ決まったはずなのに。

ツインテールの女の子はなんとも言えない表情でこちらを見ている。

……………あれ？

◇◇◇

「ちょっと退屈だったから誘惑してみただけよ。でもつまらない男ね。恋人のあなたのことを愛しているからって、私の誘いを断るなんて。しらけちゃった」


…………なんだこれは。

客の対応を終え婦人服の売り場に戻ってきたら、とんでもない光景を目にした。

誰が誰の恋人だって？

しかもこのセリフ、先日のパーティーで聞いたものとまったく同じじゃないか。

なんだっけ……そうニックとクロエ。

「何を騒いでいる。お客様の前でやめないか」

ツインテールの少女が振り向く。

「お兄様！」

「えっ！」

ディアンドラが目を剝いた。

「お兄様、まさかこの女狐とお付き合いしているの⁉」

「キャロライン、失礼なこと言うんじゃない」

「だって！　私の自慢のお兄様なんだから。女狐にたぶらかされているのを黙って見ているわけにはいかないわ」

キャロラインがディアンドラを憎々しげに睨む。ディアンドラは何もしていないのに。

むしろ、たぶらかそうとしているのは僕のほう……ってね。

「あなたのお兄様とは何もないわ。安心して。危ないところを助けて下さったの」

ディアンドラは妹の前で僕を立ててくれた。

それに引き換え……キャロライン。お前は色々と子供っぽすぎる。

何もないと聞いてキャロラインは少しホッとしたようだ。

「お兄様は優しいの。すっごく素敵な紳士なんだから。手を出さないでよね！」

得意げに言う。

妹よ、許せ。君の兄は結構煩悩《ぼんのう》にまみれているぞ。仕方ないだろ？　兄だって男なんだから。

「分かったわ。手を出さないと約束するわ」

ディアンドラがにっこり笑って言った。

わーん！　キャロラインの馬鹿！　約束されちゃったじゃないか！

僕は笑いかけてもらえないのに。何あの笑顔。ああ可愛い。

抱きたい抱きたい抱きたい………。

キャロラインはディアンドラに対して終始失礼な態度だったが、僕の恋人でないと知って気が済んだのか去っていった。

「キャロラインが失礼なことを言ってすまなかった」

「いいえ。あなたいいお兄様なのね」

「なんであんなことを言った？」

先ほどのセリフのことだ。

「なんのことかしら」

「君は誰のことも誘惑なんてしていない。一方的に言い寄られていただけなのに、なぜ悪者になろうとする？」

「本当のこと話したって信じてもらえないもの」

釈然としなくてイライラした。

あの舞踏会でのニックとのことを持ち出そうとしたら――

「兄さん！」

今度は弟のジョンがやってきた。

「さっき配達の注文が――」

そしてディアンドラの姿に気付くと固まった。

「ディ……！　本物！　な、なんでっ！」

真っ赤になって口籠《くちご》もっている。有名だもんね、ディアンドラ。

「弟のジョンだ」

「あら、初めまして。ディアンドラ・ヴェリーニよ」

ツンとすまして無愛想に言う。キャロラインには笑顔だったのに。男性には塩対応だ。

「〜〜〜〜！」

僕と違ってシャイで女性に対して奥手な弟。

でも弟よ。兄はしっかり気付いたぞ。お前がディアンドラの胸元をチラッと盗み見したことに。安心したよ。お前ももう十九歳だもんなぁ。

「に、兄さん、えっと、ランバルド伯爵夫人から配達依頼が来たんだ。なぜか僕を名指しで。あの家いつも兄さんが行ってたじゃないか。僕が行ってもいいものなのか相談したくて」

「なるほど。うーん……」

ランバルド伯爵夫人、えげつないな！　うちのいたいけなジョンまでも毒牙《どくが》にかけようっていうんだな。

まあ……でも……。

僕はにっこり微笑んで弟の肩に手を置いた。

「ああ、行っておいでジョン」

商家に生まれた以上、そういつまでも内向的ではいられないからね。行って男になっておいで。

ジョンが配達に出かけていった後、ディアンドラが口を開いた。

「カルマン商会さん、配達もやっているのね。王都以外でも配達してくれるの?」

「一応ね。でも王都の外だと料金が発生する」

「鶏糞が大量に必要なんだけど……安く入手する方法はないかしら」

そういえばこの前もダンスの時に言ってたな、馬糞、牛糞、鶏糞。

「ねえ、これから一緒に食事でもどう? 奢《おご》るよ」

「お断りよ。男性が食事に誘うのには下心があるに決まってるもの」

すごい警戒心だ。よほどつらい目に遭ってきたんだろうなぁ。

「まあ……正直に言うと下心はある……けど」

もっと正直に言うと下心しかないいんだけどね。

「でも僕は無理強いはしない主義だ。君が嫌だと言うことは絶対にしないから、一緒に食事に行こう?」

ディアンドラは少し考えて……チラリと手に持ったパラソルに目をやった。

パラソルを受け取っちゃったから断りづらいんだな。律儀《りちぎ》だ。

「分かったわ。お酒ナシという条件を飲んでくれるのなら」

「いいよ。君に飲ませるようなことはしないよ」

「あなたが飲むのもダメよ」

「え？」

「私を酔わせて襲おうとする人もいたけど、自分が酔っ払ったフリをして触ってくる人もいたから」

うわぁ……気の毒すぎる。本当にろくな目に遭ってないんだな。

美人っててっきり人生イージーモードなんだと思ってた。

こんなに苦労してるって初めて知ったよ。

それもすべて下心を持って近づいてくるろくでもない男どものせいで……って、それまるで僕じゃないか！

第6話　貞実《ていじつ》な妖婦

カルマン百貨店の数軒隣の気取らない店に二人で歩いて行った。

炭火で焼く肉が美味《おい》しい店だ。

店内に入った途端、男性客の視線が一斉にディアンドラに集まる。

それはもう……隣にいる僕にも感じられるくらい。

視線って本当に感じ取れるものなんだな。纏《まと》わりついてくる感じが気持ち悪い。

いつもこんな感じなのか。これでは気が休まらないね。

なんだか可哀想だ。いい子なのに。ある事ない事言われて。悪者にされて。

こんなにも可愛くて、色っぽくて、胸も大きいのに……ってごめん。


僕は鴨《かも》のローストにベリーのソースを添えたものを、彼女は鳩《はと》にハーブバターライスを詰めてローストした料理を頼んだ。前菜に貝のワイン蒸しを頼んで二人でシェアした。

「実家の領地は海が近いから、岩場でこういう貝がたくさん採れるの。ワインにとっても合って最高なの」

「この料理、ワイン欲しくない？」

「ダメよ！　いつ襲われるか分からない状態で緊張しながら食事するくらいなら、水を飲むほうがマシ」

はい、すみません。

でも確かにお酒を頼まなくて正解だったかもしれない。物を食べている時のディアンドラの唇がセクシーで、ちょっとイケナイ妄想をしてしまった。もし酔っ払っていたら……危なかった。色々と。

ごめんなさい。僕は最低な男です。

「――笑わない、甘えない、優しくしない、泣かない、頼らない」

ディアンドラが切り出した。

「なんだい？　それ」

「男性と接する時に心がけていることよ。私の生活の五箇条」

「笑うのもナシ⁉　徹底してるんだな」

「笑うと自分に気があると思われて迫られて、お断りすると私から誘ったくせにって言われるの」

「うわ」

「甘えない、頼らないは見返りを求められるから。泣かないは女の武器を使ったと責められるから」

「だからいつもつっけんどんなのか」

「ええ。性格がキツいと言われるだけなら実害はないもの」

ディアンドラ・ヴェリーニと一緒に食事をすることがあれば、自分はきっと食事中ずーーーっとエロいことばかり考えるだろうと思っていたんだけど。

予想に反して、そうはならなかった。ディアンドラとの会話は意外にも楽しかったのだ。

なんて言うか……ちゃんと中身のある会話だったから。

今までの貴族令嬢達なんて、ドレスと宝石とケーキの話しかしなかった。

『うふ美味しいです〜』

『ロバート様って優しいんですね』

『わぁ可愛い〜！　夢みたいです〜』

こんな会話ばっかりで、つまらないったら。


ディアンドラの実家の領地では作物の収穫量が落ちて困っているんだって。

誰もどうしたらいいか分からないからディアンドラが一生懸命図書館で調べたり、知り合いに話を聞いたり、情報収集しているのだそうだ。

この国に、女子のための学校はない。貴族の令嬢は家庭教師を雇って自宅で教育を受ける。

でも内容は文化教養中心で実学ではない。ディアンドラはできることなら大学で農業を学びたかったと言っていた。

「ダンスや刺繍《ししゅう》の技術でどうやって領民の生活を向上させろというの⁉」

……うちの親父と気が合いそうな意見だ。

「無能な男性に領地を任せることはできないわ。だって領主は領民を守らなければならないんですもの」

ディアンドラは熱く語っていた。それで婚約破棄を繰り返しているのか。

「でもさ、なぜ先に婚約してしまうんだ？　いい相手が見つかってから婚約したほうが効率的なような気がするけど」

「婚約者でもない男性としょっちゅう一緒にいるなんて、淑女として誉《ほ》められたものではないわ」

真面目か。

ディアンドラが婚約破棄の常習犯であることは貴族社会では有名だ。

その理由については『ベッドでディアンドラを満足させられなかったから』だとか、『ディアンドラに他にも男がいたから』だとか、下品な噂ばかりだったけど。

（自分のためじゃなくて、領民のため……か）

昼間見たつっけんどんで無表情な彼女とは違う一面に感心していたら、ディアンドラが皿に残った料理をおもむろに食べ始めた。

「あれ？　お腹いっぱいって言ってなかった？」

「いっぱいよ。だけど残したら申し訳ないもの」

「無理に食べることないんじゃないか？」

「この鳩は命をくれたのに、食べなかったら無駄にしてしまうわ」

「…………」

　発想が貴族というより農民だな。

「貴族っぽくないって思っているでしょ？」

「……い、いや、まあ」

「前の婚約者にも、意地汚くて下品だって言われたわ」

「…………」

「みんな食事の前に神様に感謝のお祈りをするくせに、ろくに食べずに捨ててしまうなんて。そのほうが恥ずべき行為のはずよ」

　僕はまじまじとディアンドラを見つめた。いやはや、噂とは当てにならない。

　これが評判の悪女だって!?　まるで修道女のようなお堅さだ。……と、一瞬ディアンドラの修道女姿を想像して興奮する。な、なんというエロい取り合わせ！

「――それでね、土壌のサンプルを専門家に見てもらったら、リン酸が不足しているから作物の生育が悪いんだって言われたの」

ディアンドラがため息をついた。

おっと失礼。修道女……じゃなくて土壌ね、土壌、はいはいちゃんと聞いてるよ。

「同じ作物ばかりを連続して作ると土が栄養不足になるんですって」

だから作る作物を変えてみたが、状況は改善しないらしい。仕方がないので不足しているリン酸を投入して凌いでいるが、年々収穫量が減っているんだそうだ。

「海の影響ということはないかな？」

彼女の領地は海の近くだ。

「その可能性はあるけど、情報がないの」

この国で海に面しているのは彼女の実家の領地と南の軍港のみ。軍港周辺は農業はやっていない商業都市だから、参考にはならない。

「うーん。誰に聞けば分かるかなぁ」

王立アカデミーにその方面の研究者はいたかな……？　僕は商業専攻だったしな。ランバルド伯爵夫人あたりに聞いてみようか。

「ごちそうさま。もうそろそろ帰るわ」

「まだ早いよ。もうちょっといいだろう？」

「女性が遅くまで外にいるとあれこれ言われるもの」

「じゃあ二人きりになれるところに行くのはどうだい？」

「とんでもないわ。大体私、夜十時までには寝たいし」

ええー!!　子供かよ！

「参考までに聞くけど、君、毎朝早く起きる人？」

「五時起きよ。昔からずっとこの時間だわ」

規則正しいんだね。妖婦どころか本当に修道女だな。

王都の貴族は皆夜更《よふ》かしだ。なぜって、大抵の貴族は仕事をしていないからだ。社交こそが生活の中心なのである。

若い貴族男性は毎晩遅くまで、カード、賭け事、観劇、サロンでの音楽会、夜通し飲んで食べて、そして明け方帰宅する。

娼館《しょうかん》に行く奴もいれば、既婚者のマダムの屋敷に入り浸る奴もいる。仮面舞踏会のように顔がバレない夜会には、独身女性だって多数参加しているのに。

僕はチラリとディアンドラの美しい横顔を盗み見る。仕方ない。名残惜しいが今日のところは諦めるか。


「…………ロバート」

ディアンドラが振り向き僕の顔を覗き込む。

「ん?」

「話……真面目に聞いてくれてありがとう」

そう言って、はにかむように小さく微笑んだ。

…………………!　心臓が音を立てて跳ねる。

うわぁ、ディアンドラ・ヴェリーニが僕に微笑みかけてくれたぞ。か……かっわいい!!!!!

「どう?　僕に抱かれる気になった?」

耳元で囁く。

途端にすうっと真顔に戻るディアンドラ。

「最低ね。男って」

あ、しまった。笑顔を見られた嬉しさのあまりつい本音がポロリと。ごめんよ、最低な男で。

「馬車で送っていくよ」

「結構よ!　馬車は密室。男性と一緒に乗るより一人のほうが安全だわ」

キッパリと断るとディアンドラは一人、馬車に乗って自宅に帰っていった。

うーん。ブレない真面目さだ。

去っていく馬車を見送り、僕はしばらく放心状態でその場所に立ち尽くす。

なんて夜だ！　噂の悪女が実は修道女並みに真面目で。狙った女は五秒で落とすと言われた僕が、手も握らず土壌改良の話だけして終わるなんて。

費やした時間に対する収穫が限りなくゼロに近く、費用対効果は最悪なのに。不思議と僕の心は浮き立っていた——。

第7話　前が開きすぎのドレスとガーデンパーティー

「お嬢様、プレゼントが届いてますよ」

ある日ばあやが大きな箱を抱えてやってきた。

侯爵家のナイジェル・レヴィからの品だった。

先日私を裏路地に引きずり込んで乱暴しようとしたお詫《わ》びのつもりだろうか。

開けるとシルクのドレスが入っていた。

ドレスを取り出して身体に当ててみて、私はドン引きした。

「何これ」

そのドレスは高級で手触りのいいシルクでできていた。

が……胸元があり得ないほど大きく開いている。

これでは胸が丸見えになるではないか。私のことを娼婦か何かだと思っているのだろうか。

冗談にしても質《たち》が悪い。怒りで手が震えた。ビリビリにして捨ててやりたい衝動に駆られたが、グッと堪《こら》えた。冷静にならねば。

こんなものを受け取ってしまったら、後々面倒なことになりそうだ。

私はペンと紙を取り、『別の方への贈り物が間違って届けられたようなのでお返しします』

と書き、

「じいや。これをレヴィ侯爵家に返して来てくれる？」

突き返すことにした。


レヴィ家は財務長官を務めている名門だ。外務長官のバーンホフ家とライバル関係にある。

バーンホフ家の跡取り息子のアドニスは見目麗《うるわ》しく、あらゆる方面で優秀さを発揮している。

一方、レヴィ家のナイジェルはこれと言って秀《ひい》でたものがない。

私にやたらと絡んでくるのは私がアドニスと親しいからなのかしら。


気を取り直して、伯爵家のガーデンパーティーに出席するため、よそ行きのドレスに着替える。

何か有益な情報が得られるかもしれないし、もしかしたら……お友達ができる可能性もゼロではない……はず。まあ、無理かしらね。私は嫌われているから。

それに昼間のパーティーはダンスがないから、男性に絡まれる確率が低く安全だ。

お金がなくていつも同じドレスなのが悲しいけど。


この日のパーティー会場はお庭の薔薇《ばら》がご自慢のとある伯爵家。

トンネルのように続く蔓薔薇《つる》のアーチが圧巻で、うっとりするほど香りがよい。

友達のいない私は、一人で飲み物を片手にお庭を鑑賞する。

すると、不意に周りがざわめいた。

アドニス・バーンホフ。侯爵家の一人息子のご登場である。

パーティー嫌いの彼が現れるのは珍しい。通称『氷の貴公子』と呼ばれている彼は、その名に違《たが》わず無愛想で無表情な青年だ。

普段、男性からベタつくような視線ばかり浴びせられている私としては、彼のこの冷たさになんとも言えない心地よさを感じる。

彼はおそらく私のことを異性だと認識していない。友達がいない私にとって、彼との友情は本当に貴重だ。質問にはちゃんと答えてくれるところもいい。

「アドニス！　珍しいわね、あなたがこんなところに来るなんて」

「ディアンドラ！」

声をかけた途端、周りからヒソヒソと私を中傷する声が聞こえて来る。

もう……挨拶をしただけなのに。慣れてるから気にしないけど。

せっかくだから、彼にうちの領地について相談してみる。融資をしてくれそうな人に心当たりがないかしら。

「無理だな。君のところの領地、そもそも農業に向いてない。売っちゃえよ」

「ちょっと！　ひどいわ！　簡単に言わないで」

「まあ売ろうにも二束三文だろうけど」

歯に衣着せぬストレートな物言いに苦笑する。でも、裏表がない彼との会話はストレスがないのだ。

「はぁ～、やはりお金を貸してもらうのは難しそうね」

とことん希望がない領地の現状にため息しか出ない。

……と、アドニスがチラチラと視線で彼の婚約者を追っていることに気付く。

アドニス・バーンホフはなぜか二十三回も婚約を破棄されている。この日は二十四人目の婚約者を伴って来ていた。

彼の視線の先にいる令嬢を見て、私は目を見張る。

サーモンピンクのふわふわしたドレスを纏った可憐な少女。背後の白いトレリスの小ぶりの薔薇と見事にマッチしていて、一枚の絵のようだ。私が憧れてやまないふわふわのドレス。似合う人が着ると、こんなにも素敵なのだなと感心する。

それに比べて……。

私のドレスはどう見ても夜会向きだ。明るい太陽の下で見るとなんて不健全なのだろう。

ＴＰＯに合っていない。だからある事ない事言われるのかも。

昼用のちゃんとしたドレスを持っていないのもあるけど、私は清楚なデザインのドレスがとにかく似合わない。悲しすぎる。夜会なんて好きじゃないのに。

アドニスの婚約者は落ち着かない様子でキョロキョロしている。

こういう場に慣れていないのだろう。そんな彼女を心配して目で追うアドニス。

「ふふ。あなたの婚約者、可愛らしい方ね」

「ば、馬鹿言え！　アイツ信じられないくらいにポンコツなんだよ」

憎まれ口を叩きつつも、アドニスは瞳を輝かせて嬉しそうに笑った。滅多に笑わない氷の貴公子のスマイルに、令嬢達の黄色い悲鳴が上がる。アドニスにもようやく春が来たことを、私は心から嬉しく思ったのだった。

◇◇◇

アドニスが移動した途端、再び一人ぼっちになった私はしばらく人々の間を練り歩き、情報を求めて会話を盗み聞きする。

でもこれと言った収穫もなかったので、庭の散歩に切り替え、一人どんどん奥に向かった。

シンメトリーに刈り込まれた生垣エリアを抜け、木が生い茂る森っぽいエリアに入る。

こちらはシェイドガーデン。日陰でも育つ植物を中心に構成されていた。

花の代わりに色鮮やかな葉が目を楽しませてくれる。これもなかなか趣があっていい。

……と、せっかく人が気持ちよく散策していたのに。

(うわ……)

木の陰で睦《むつ》み合う男女。しかも、キスどころではない。

どう頑張っても言い逃れしようがないくらいのバッチリ現行犯だ。

(最低だわ。昼間から……しかも外で)

黙って引き返そうとしたが、女性と目が合ってしまった。

「…………!」

「きゃっ!」

先日私がビンタされた時に、みんなと一緒になって私を非難した令嬢の一人だ。

「おい!?　どうした」

行為を中断された男の焦《あせ》った声。

令嬢は慌てて、ドレスの裾を戻して身を離す。そして顔を隠し逃げて行った。

舌打ちをしながら乱れた服を直し、木の影から現れた男性は――

「ニック……」

「なんだディアンドラ・ヴェリーニ……邪魔したのはお前か」

クロエの婚約者、ニックである。

「邪魔したんだから代わりに相手しろよ」

酷薄《こくはく》で下品な笑みを浮かべるニック。

「誰があなたなんかと！　本当に人間のクズね」

「それこの前も聞いたよ。結婚したらクロエみたいな魅力のない女を抱かなきゃいけないんだから、それまで自由にさせてくれてもいいだろう」

悪びれもせず、肩をすくめる。なんという不誠実な男だろう。

「なんでこんなことができるの。クロエはあなたのこと信じているのに」

「ま、クロエの実家の財産は魅力的だからちゃんと結婚するさ。彼女には言うなよ？」

「ねえ、こんなこともうやめて。ちゃんと彼女と向き合って信頼を深めるべきだわ」

「あー、しらける！　せっかくの午後が台なしだ。娼館にでも行くか」

ニックは私を振り返りもせず去っていった。

ひどい。本当に下品で最低な男だ。こんな男と結婚するクロエのことが心配になる。

私が先日の舞踏会でとった行動は本当に正しかったのだろうか。

ニックの正体を暴露したほうがクロエにとってはよかったのではないかと今更ながら思う。

「今からでも伝えるべきかしら……でも、私の言葉なんて聞いてもらえないだろうな……」

煌《きら》びやかな舞踏会や宝石の裏は偽りと裏切りと背徳ばかり。王都の貴族社会が本当に嫌いだ。

怒りで頭を沸騰させた私は、その時生垣の陰からクロエがそっと見ていたなんて夢にも思わなかった。

第8話　オフィーリア嬢と会う

「王都の貴族なんて大抵、腹の中では何を考えているか分からなくて信用できないけど、オフィーリアは違うの」

妹のキャロラインは最近できた友達に夢中で、毎日彼女の話ばかり。

オフィーリア嬢はアドニス・バーンホフの現婚約者である。そして妹はそのアドニス・バーンホフの元婚約者なのに。

過去の女と今の女。同じ男を巡るライバルであってもおかしくない立場の二人だが、なぜか仲良くなったらしい。不思議なこともあるものである。

「是非、そのオフィーリア嬢を我が家に招待しなさい」

可愛いキャロラインに心から信頼できる友達ができたことを両親は大層喜んだ。

と同時に、侯爵家とのつながりが再びできたことにも内心ホクホクだった。

ところが……キャロラインがとんでもないことを言い出す。

「ロバートお兄様、オフィーリアと結婚してよ」

「ごふっ!!」

親父がむせた。

「何を言い出すんだキャロライン！」

「オフィーリア嬢はバーンホフの婚約者じゃなかったかな？」

「そうよ、だけどお兄様ならきっと大丈夫」

「…………」

大丈夫？　何が大丈夫なんだ？

お兄様ならきっとたらしこめるわ、ってことかな？

首を捻《ひね》っていると、おそらく同じことを考えた親父がこう言った。

「……オフィーリア嬢のためにも、紹介するならせめてジョンにしたらどうだ」

ジョンはうちの次男坊。僕と違って真面目でピュアな青年だ。

「えーとキャロライン、つまり僕にオフィーリア嬢を口説いてほしいということかい？」

「ええ……まあ、そういうことになるわね」

「それは、自分とバーンホフが上手くいかなかったから、オフィーリア嬢とバーンホフの仲をぶち壊してほしいってこと？」

「ひどいお兄様！　全然違うわ。アドニス様のような性格の悪い人と一緒になったらオフィーリアが可哀想だからよ」

田舎の貧乏男爵家の娘と結婚なんて、うちにとってなんの旨味《うまみ》もない。

だから、オフィーリア嬢との買い物に同行して欲しい、とキャロラインが言い出した時、家族のみんなは僕が断るものと思っていた。僕だって断るつもりだったさ。

でも僕は同行した。

バーンホフとディアンドラの関係が気になったからだ。


待ち合わせ場所のカフェに先に着いたため、キャロラインと二人で座ってオフィーリア嬢を待っていたら、

「キャロライン様、ご機嫌よう。今日はお兄様とお二人で？」

どこかの令嬢に声をかけられた。

妹の友達か。サービスのつもりで振り返りにっこり笑いかけると……クロエじゃないか！

舞踏会でディアンドラをビンタしたあのクロエだ。

「オフィーリアと待ち合わせしているの」

キャロラインが嬉々《きき》として告げる。

「オフィーリア様というのは……アドニス様の婚約者の？」

「ええ、そうよ」

「マナーもなっていない田舎の令嬢だと聞きましたわ。そんな方とお付き合いされているんですの？」

「…………」

「差し出がましいようですが、あまり関わらないほうが宜《よろ》しいのではなくて？　あれこれ噂されましてよ」

うわ。嫌な感じだな。

こんな令嬢がディアンドラに暴力を振るったなんて、思い出すだに不愉快だ。

嫌悪感を顔に出さないよう作り物の笑顔を浮かべ、テーブルの下で拳を握り締める。

「キャロライン様の評判に傷がつきま……キャッ！」

「キャロライン!?」

「余計なお世話ですわ！」

キャロラインはクロエを睨みつけると、彼女の顔に水をぶちまけて空になったグラスをテーブルに置いた。

「私の交友関係に口を出すなんて……何様のつもり？」

「いえ……私は、その……」

顔から水をポタポタ垂らし、青ざめるクロエ。

「あれこれ噂ですって？　ふうん……ある事ない事言いふらすつもりなのかしら」

「い、いいえ！　言いません！」

「今度私のお友達を悪く言ったら容赦しなくてよ」

「わ、分かりました。ごめんなさい」

「分かったら、もう行っていいわ」

キャロラインはしっしっとクロエを追い払う。

それを合図に、クロエは涙を浮かべながら走り去っていったのだった。


「キャ……キャロライン……お前はなんてことを」

ゴロツキのようにマウントを取った妹に開いた口が塞がらない。

見た目は小さくて可愛いのに……なんて柄が悪いんだ！　親父にそっくりだな。

「貴族社会の噂ばかり気にしているつまらない子よ」

「あんなことして……悪い評判が立つぞ」

「大丈夫よ。あの子は強い者には弱い雑魚《ざこ》だから、ガツンと言ったほうがいいの」

あちらは伯爵令嬢、それに対してうちは成り上がりの男爵家なのに、クロエの様子を見る限りキャロラインが完全に優位だった。すごいなキャロライン。お前、強すぎるだろ。しかし水をかけるというのはいかがなものだろう。

その雑魚にビンタされたディアンドラがますます可哀想になった。

◇◇◇

「初めまして、オフィーリア・リシュトバーンと申します」

「初めまして。キャロラインにいつも君の話を聞かされているよ。あ、これお近づきのしるしに」

ほどなくしてオフィーリア嬢が現れ、僕はカルマン百貨店で人気のミニブーケを差し出す。

キャロライン大絶賛のオフィーリア嬢は……なんというか、のほほんとした令嬢だった。裏表がまるでない。キャロラインが気にいるはずである。

隙だらけなところも王都の貴族にはない素朴さだ。妹の友達としてはとてもいい。

兄として嬉しく思う一方で、僕の心は複雑だった。

バーンホフの心を繋《つな》ぎ止めておく人材としては少々心もとないから。女性としての色気が感じられないのである。

(男なら十人中九人はオフィーリア嬢よりディアンドラに惹《ひ》かれるだろ)

まさかバーンホフが残りの一人のほうに入っているとは夢にも思わず、悶々《もんもん》とする。

「痛っ」

テーブルの下で妹が僕の脛《すね》を蹴った。オフィーリア嬢にモーションをかけろという合図である。

(キャロラインめ……)

「そのドレス、とても似合っているね。可愛いよ」

可愛い妹の頼みなので仕方なく愛想《あいそ》を振りまく。

本音を言えば、オフィーリア嬢とバーンホフに上手くいってほしいんだけど。

「貸して。僕がつけてあげよう」

髪飾りやイヤリングなどを試着する度に、さりげなくボディタッチをしてみたのだが……。

（オ、オフィーリア嬢……鈍っっっ！）

なんという鈍い令嬢だろう。何をしても無反応なのである。恋愛経験がないにしても鈍すぎる。

（ディアンドラだったら……）

初めて会った舞踏会を思い出す。僕の指先に反応して、頬を染め戸惑っていたディアンドラ。

その色っぽい様子が脳内で勝手に再生され、鼓動が早くなる。

（おっと、いけない……）

気付けば店内の女性客（オフィーリア嬢を除く）が皆赤い顔をして僕をチラ見しているではないか。

心の中を覗かれたはずはないのだが、不健全な何かが漏れ出ていたらしい。

慌てて色気を封印し、目の前のオフィーリア嬢に神経を集中させる。

（どうやって切り出そう……）

不自然にならない方法を考えあぐねていたら、赤いドレスをじっと見つめるオフィーリア嬢に気がついた。

赤と黒の大人っぽいドレス。どうみてオフィーリア嬢のイメージではない。

このドレスはどちらかというと――おっと、いけない。

豊かな黒髪をなびかせ赤いドレスを堂々と着こなす色っぽいあの女性に、またしても意識を持っていかれそうになる。

「そのドレスはちょっと君には合わないんじゃないかな。隣の軽やかなパステルカラーのドレスはどうだい？」

プロの目からアドバイスをする。

オフィーリア嬢は一瞬僕のほうに顔を向けたが、再び赤いドレスに視線を戻す。

そして切ない表情でじっとドレスと見つめた。ふうん？　この子もこんな顔をするんだな。

「そうですよね……私には着こなせない。ディアンドラ様のような方でないと。やはり男性は皆ああいう女性に魅力を感じるのでしょうね」

（来た!!）

ラッキーなことにオフィーリア嬢のほうから話題を振ってもらえたぞ。

「み、みんなってわけじゃないと思うよ」

（僕はああいうタイプがどストライクだけどね）

「も、もしかしてバーンホフはこういうタイプが好きなのかい？」

「分かりません。でも……アドニス様にとってディアンドラ様は特別な存在なんです」

――その言葉に胸がツキンと痛んだ。

「そ、それは何を根拠にそう思ったの？」

冷静を装《よそお》い、追及する。

「人と話すのがあまり好きではないのに、ディアンドラ様とだけはリラックスした様子で話されるんです」

「ふむ……」

「アドニス様は本当はディアンドラ様と結婚したいのかもしれません。家の事情で無理ですが」

「…………」

婚約者の口から聞くと、地味にこたえる。やっぱりあの二人、仲が良いんだな。

アドニス・バーンホフはイケメンで、有能で、それになんと言っても……あの家柄だ。

貴族の世界では家柄がすべて。僕がどんなに努力しても、出自は変えられない。

バーンホフ家は国王の右腕としてこの国を支えており、貴族達に一目置かれている。

決してうちのように見下されることはない。

国政に関わっているバーンホフと、女性客に色仕掛けでドレスを売りつける僕。

結婚対象のバーンホフと、火遊び対象の僕。なんだこの差。ムカつくな。

やめろ。気にすると余計に惨《みじ》めになる。アバンチュール担当、上等だ。

遊び人の名に賭けて、バーンホフより先にディアンドラを落としてやる。

第9話　宝石店へ

インクを切らしたので、カルマン百貨店に行く。

文具売り場で商品を物色していたら、買い物客の会話の中にロバートの名前が聞こえた。

思わず耳をそばだててしまう。

「――なんですってよ、ロバート・カルマンって」

「狙った女性は五秒で落とす……でしょ。私も聞いたわ」

「指使いと舌使いがすごいんですって」

「キャッ！　やだ。体験した令嬢がもうメロメロで、なんでも言うこと聞いちゃうってやつね」

「そうそう、だから百貨店の売り上げに貢献しているらしいわ」

「それ、ランバルド伯爵夫人もお茶会で言ってらしたわ」

「伯爵夫人の実体験なら信憑性《しんぴょうせい》あるわね」

「〜〜〜〜〜!!」

昼間の百貨店に相応しくない下品な内容に思わず赤面する。

そ、そんな人だったのか、ロバート。

確かにそうなのかもしれない。耳元で囁かれる甘くて低い声。

優しそうに微笑んでいながらもどこか艶っぽい眼差《まなざ》し。惹かれる令嬢が多いのも頷ける。

危ない危ない。なるべく関わらないようにしよう。


なのにインクを買って店を出たら、そのロバート・カルマンが追いかけて来るではないか。

「ディアンドラ！　来てたなら声をかけてくれればいいのに〜」

「ど、どうして私がいたことに気付いたの？」

「番頭が教えてくれたんだ」

なるべく関わらないようにしようと思った途端にこれだ。

「この間はどうも。じゃ、私は用があるので。さようなら」

「待って」

背の高い彼は素早く回り込んで、私の行く手を阻《はば》む。

「君に似合いそうなデイドレスが入荷したんだ。ちょっと見ていかない？」

「あら、商売熱心で結構なことね」

「売りつけるんじゃないよ。プレゼントするよ」

「男性から贈り物はもらわない主義だと言ったでしょう」

ずっと貼り付けたように爽やかな笑顔を崩さないところがすごいわ。さすがは遊び人ね。

ロバートはしつこくついて来る。

「ねえねえどこに行くの？　買い物なら付き合うよ」

「宝石を売りに行くだけだから。ついて来ないで」

宝石店に宝石を売りに行く……買いに行くのと違って、ちょっと悲しい。

先日購入した肥料の支払期限がもうすぐなのに、お金を工面できなかったのだ。だから泣く泣く祖母の形見の指輪を売ることに決めた。

「避けなくてもいいだろ。ねえ」

「あなたの噂を聞いたわ。狙った女性は五秒で落とすんですってね」

「ははは」

「令嬢達があなたのテクニックにメロメロだとか」

「君も試してみるかい？　気に入らなかった場合はカルマン商会、返品も受け付けてるよ」

そう言うとごく自然な感じで私の手を取り、親指で甲をそろりと撫でる。

「……!!　け、結構よ！」

慌てて、ロバートの手を振りほどき平静を装うものの、彼の手の感触が残って消えない。

私より体温が高い、骨張った大きな手。そんなゴツい手なのに、撫でる時だけ妙に優しいのだ。

ちょっぴりくすぐったくて……甘い。

認めたくはないけど、気持ちよくてドキドキしてしまった。

◇◇◇

街で一番古い宝石店の扉を開ける。

ロバートもついて来て扉をさっと押さえてくれる。無駄に紳士だ。

店内に入るとキラキラと輝く、やたらと明度の高い——先客がいた。

「アドニス！」

「やあ、ディアンドラ」

外務長官の一人息子、美形のアドニス・バーンホフだ。

「ディアンドラ、君も宝石を買いに来たのかい？」

「いいえ、私は売りに来たの」

アドニスは私のことをいやらしい目で見ない貴重な男性だ。おそらく彼は私の首から下を見たことすらないんじゃないだろうか。警戒しなくていいのでホッとする。

「あなたが宝石を買いに来るなんて珍しいわね」

見るとテーブルいっぱいにサファイアの石が並んでいる。

「恋人へのプレゼント？」

するとアドニスはみるみる赤くなって口籠もった。

「ちっ、違う！　これはただ、あのポンコツが火事の時怪我して、それで……俺にも責任があるから……」

何を言っているのかまったく分からないけど。要は好きな女の子に贈るので照れていると理解していいのかしら。

「では指輪ができ上がったら屋敷まで届けてくれ」

アドニスは誇らしげに店の主人に注文する。ものすごく大きいサファイアの石を指輪に加工してもらうようだ。

「その石、あなたの瞳の色にそっくりだわ」

「そ、そうか？」

途端に上機嫌になるアドニス。赤い顔をしてニヤニヤしている。なんだか可愛らしくて笑ってしまう。

ところが、私の後ろに立っていたロバートに気がついた途端、アドニスの顔が険しくなった。

「ロバート・カルマン……」

「あら、ロバートと面識あったの？」

「貴様だけは絶対に許さん！」

アドニスがいきなり敵意を丸出しにする。

二人は一体どういう関係なのかと不思議に思いロバートを見ると、こちらは嘘くさい営業用のスマイルを浮かべている。

「貴様がオフィーリアに贈ったネックレス！　絶対につけさせないから！　うちの犬にでもくれてやるからな！」

「……ああ、その件か」

なるほど。ロバートがアドニスの好きな子にちょっかいを出したのね。女たらしだとは聞いていたけど。

「ロバート、あなた最低ね」

「えっ！　た、大したことはしてない。キャロラインに頼まれたんだ」

言い訳するロバート。

「そうなんだよディアンドラ！　こいつオフィーリアの手にキスしたらしいんだ」

「……それは認める」

先ほどのロバートの手の感触を思い出し、心の中に苦いものが込み上げてくる。

(誰にでもああいうことをするのね)

令嬢達が噂していた通りだ。爽やかな笑顔と色っぽい声。好きでもない女性にも優しく触れる。五秒で女性の心を虜《とりこ》にして楽しむゲーム。ドキドキしていた自分が恥ずかしくなる。

(私ったら……なんて田舎者なの)

王都の貴族にとってはあの程度、日常茶飯事なのだ。まともに取り合ってはいけない。関わらないようにしようと決めたはずではないか。

アドニスはロバートに向かってしばらくギャンギャン吠《ほ》えていたが、やがて帰っていった。

「……あなたもオフィーリア嬢のような子がタイプなの？　それとも単なる悪趣味な遊び？」

ガーデンパーティーで見かけた彼女は、小さくて守ってあげたくなるような可愛い子だった。ふわふわのドレスを纏《まと》って、私のように憎まれ口を利《き》くこともない。素直でいつもニコニコしていてみんなに愛される女の子だった。

アドニスが好きな子なら、私ともお友達になってくれるかしらと期待したけど。私の姿を見た時の彼女の強張った顔を見て諦めた。

私はどうして誰からも受け入れてもらえないんだろう。

「その質問の意図は何？」

ロバートが探るような眼差しで尋ねる。さっきまでの嘘くさい笑顔は消えていた。

「僕がオフィーリア嬢に粉かけたのが嫌なのか、それともバーンホフが彼女に気があるのが気になるのか」

「どっちでもないわ。ただ彼女が私の憧れのタイプってだけよ」

「なあ……なんでアイツのことは拒絶しないんだ？」

「？」

「家柄か？　政府高官だから？」

「何を言っているの？」

「まさか、金髪が好きだとか言わないよな」

おや、と思った。

これまでずーっとにこやかで甘い声色だったのに。今のロバートはなんだか怖い顔をしているのだ。

「馬鹿なこと言わないで。髪の毛なんて色も分量もどうだってい……」

「ディアンドラ」

不意に手首を強く摑まれる。さっきのような優しく誘うような触り方ではない。乱暴で、少し痛いくらい強く握り締められた。

「君も……商売をすることは卑しいことだと思うかい？」

「えっ……」

どういう意味だろう。

ポカンとする私に、ロバートはハッと我に返り、摑んでいた手首を離した。

「宝石を売りに来たんだったよね。さっさと済ませて食事にでも行こう」

再びあの嘘くさい笑顔を貼り付けて。

◇◇◇

私は持参した祖母の形見のルビーの指輪を取り出し、お店の人に査定をお願いした。

ほぼ予想通りの金額を提示される。

「その指輪……どうして売るの？　似合ってると思うけど」

「い、いいのよ」

（お祖母様《ばあさま》ごめんなさい……）

この指輪を手放すのは悲しいけれど仕方がない。物は手放しても思い出が自分の中にあればいい。そう自分に言い聞かせて私は指輪を売った。

第10話　接客の真髄

驚いた――。

宝石店でアドニス・バーンホフに出くわした。

バーンホフとディアンドラはデキているという噂をよく耳にしていた。美男美女だし、お似合いだから仕方ないのかなとも思っていたのだが。

実際に二人が会話をする様子を目《ま》の当たりにして、僕は心底驚いた。

何にかって？　バーンホフのディアンドラを見る〝目〟にだ。

なんというか、あれはまったくもって男が女を見る目ではない。どちらかというと弟妹を見るような？　男友達を見るような目？

バーンホフ、君は男としておかしいと思う。ついでに言うと君が気に入っているあのオフィーリア嬢もちょっと変だ。

あの無反応は自信失くすよ、まったく。鈍すぎやしないか、彼女。

とりあえずバーンホフとディアンドラは現時点ではデキているわけではなさそうだ。二人の間に流れる空気が健全なのに安堵《あんど》した。

……………はずなんだけど。

まだなんかモヤモヤする。バーンホフと話している時のディアンドラは完全に〝素《す》〟だった。あんな柔らかい表情、僕には決して見せてくれない。いつも鎧《よろい》で武装して本心を隠している。

『アドニス様にとってディアンドラ様は特別な存在なんです』

オフィーリア嬢の言葉が脳裏に甦る。なんだろうこの不快感。

そして次のディアンドラの言葉に僕は完全に自分を見失う。

「あなたもオフィーリア嬢のような子がタイプなの？」

苛立《いらだ》ちが滲《にじ》んだ声。『あなたも』と言った。『も』だ。バーンホフが気になるんだな。

バーンホフがオフィーリア嬢のことを気に入った様子だったから苛立っているのか。

なぜだ。なぜ奴だけ特別なんだ？　金なら同じくらい持ってる。家柄か？　他の貴族達のように、商売をすることを卑しいことだと思っている？

思わずムキになって彼女に詰め寄ってしまいハッとする。慌てて摑んでいた細い手首を離した。

（どうかしてるな僕は……）

あの二人がデキていなければ別にいいじゃないか。バーンホフより先にディアンドラを抱けさえすればよかったはず。そうすれば僕の勝ち。だってそういうゲームだろう？

バーンホフが去った後、ディアンドラは指輪を売るための交渉を始めた。

相当お金に困っているようで気の毒だ。助けてあげたいけど、彼女は僕からの援助なんて受け取らないだろう。

でも指輪を見つめるディアンドラの顔が悲しそうで、なんだかいたたまれなくなった。

本当は売りたくない指輪なのかも知れない。

けれど、彼女はそれを手放した。

指輪を売ったお金を受け取り、店を出たディアンドラが迷惑そうに言う。

「いつまでついて来る気？」

「今から食事でも行かないか？」

「結構よ。まだ三時だし」

男性から食事に誘われるなんて彼女にとっては迷惑でしかないことは分かっている。

それでも、もっと一緒にいたい――。

しつこく彼女に付き纏っていたところ、前方から慌ててこちらにやってくる男に気付いた。

「坊っちゃん！　ここにいたんですね」

うちの店員だ。

「どうした？」

「店舗でトラブルです。今番頭さんが対応してますが至急坊っちゃんにお越し願いたいと」

ディアンドラとの会話をこのまま終わらせたくなくて手首を掴んだ。

「君もちょっと来てよ」

「なんで！　ちょっと離して。私は帰るわ」

半ば強引に彼女を店に連れて行く。


カルマン百貨店では女性客が番頭と揉めていた。

「あ、坊っちゃん」番頭がホッとしたように僕を見る。

「どうした」

「金額が違うと言われまして。再計算して問題はないはずなのですが」

「お客様、お待たせして申し訳ありません。金額につきましてはこの明細通りで間違いないはずなのですが……」

なんとかカタコトの外国語で返答する。しかし客は不愉快そうな表情で何かを訴えてきた。

「この店ワ外国人ダカラ、ワカラナイと思って高くウルノ！」

「その言葉のアクセントは……ネバンドリア国の方でしょうか？」

黙って僕の隣にいたディアンドラが発言した。

「ディアンドラ？」

ディアンドラが僕に言う

「ネバンドリアの方かどうか聞いて下さい」

「そうらしいが……」

なんだ？　何が起こっている？

「消費税ではないでしょうか？　ネバンドリアには消費税がありません」

「あっ…………！」

この国では嗜好品《しこうひん》に対しては25％もの消費税がかけられる。この客はそのことを知らず、自分が外国人だから不当な請求をされたと勘違いしたようだった。

慌てて、消費税について説明する。誤解は解けたものの……女性は憮然《ぶぜん》とした表情のまま。

「おい、消費税分を値引きして差し上げたまえ」番頭に指示した。

サービスをして機嫌を直してもらう作戦だ。相手はかなり安く品物を手に入れたことになる。

これで文句はないだろう。

ところが……値引きを提示してみたところ、かえって逆効果だったのである。ネバンドリアの客は馬鹿にしたように笑うと、帰ろうとした。ますます機嫌を損ねてしまったらしい。やけに気難しくて偉そうな客だ。身なりもいいから金持ちなのだろう。

「ダメ！　外国から来て下さったお客様をこんな気分のままお帰しするのは悲しいわ」

突然ディアンドラが割って入った。

「な……」

「せっかくですもの……楽しい気持ちで帰って頂きましょうよ」

そう言うなり、ディアンドラは客の手を取り、身振り手振りで引き留め始めたのである。

僕や店員が呆気《あっけ》に取られていたら、小声で耳打ちしてきた。

「毛皮の小物をおまけにつけてあげることは可能ですか？」

（毛皮？　こんな時期に？　何を始める気だ？？）

「ストールぐらいなら倉庫に少しあるけ……ど？」

わけが分からないまま、頭の中で素早くコストを計算する。

「ミンクとテンの小物を持ってきて下さい。そしてお客様にそれをサービスすると伝えて下さい」

ディアンドラの言う通りにするよう店員に合図する。

そしてミンクのストールを目にした途端、仏頂面だった客が反応を示した。

ディアンドラがおもむろに着ているケープを脱いだ。美しい肩とデコルテが露《あら》わになる。

そして僕のほうを振り向き、

「着こなし方をご提案してあげて下さい。プロでしょう？」

そう言うとミンクのストールを自ら羽織った。

あっ。そうか。

「おい、ありったけの毛皮と大きいブローチを持って来い」

店員にコーディネート用の小物を持って来させる。

そこからはちょっとしたファッションショー状態になった。

ディアンドラを見本に、客に小物の着こなし方を見せる。ミンクのストールを斜めに巻いたり、ブローチで留めたり、オフショルダー風に着せてみたり、腰に巻いて前で留めたり。ディアンドラの華やかな美しさと毛皮の相性は抜群だった。

実際に身につけた感じが分かると購買意欲がそそられるようで、客の女性は先ほどまでとは打って変わって目を輝かせて見入っていた。サービスでつけた小ぶりのファーもお気に召したらしい。そして追加で大量の毛皮製品を定価で購入して満面の笑みで帰っていった。

「ゼヒマタ寄らせてもらいマス」

との言葉を残して。

◇◇◇

「あ、あの部外者なのに余計なことしてごめんなさい」

客が帰った後、汗だくのディアンドラが決まり悪そうに言う。

「私ったらつい夢中になってしまって」

「とんでもないことでございます！」

番頭が恐縮して頭を下げる。

「そうですよ！　私達感動しました！」

店員達がディアンドラを取り囲む。

「よかった」

ディアンドラがホッとしたように肩の力を抜いて言う。

「せっかくカルマン百貨店に来ていただいたんですもの、楽しいひとときを過ごしてもらえて本当によかった！」

ドキリと胸に衝撃が走った。満足そうに微笑むディアンドラに瞳を奪われる。

なんて美しい人だろう。単なる目鼻立ちや体型の美しさじゃなくて。

僕は目を逸らすことができず、彼女を見つめたまま立ち尽くしていた。


君はすごいよ、ディアンドラ。

客の機嫌を直した上に、結果としてさらに多くの商品を売って、リピーターまで獲得した。

富裕層にとって買い物は娯楽だ。気分よく買い物してもらわないと、リピーターにはなってもらえない。

百貨店は品物だけでなく、ショッピングという楽しい体験を売っているのだ。

なんだか自己嫌悪。情けないことに僕は客と店の金銭の損得でしか考えていなかった。

ディアンドラは純粋に客の幸せをだけを願って行動した。その想いが客にも伝わったのだ。

『お前はうちの事業の本質を分かっていない！』

以前父に言われた言葉。

カルマン商会の事業の本質ってなんだろう。これまで考えたことなかったな。ひたすら数字を出すことだけを気にしていたけど。

「助かったよ。お礼にこれから食事に行かないか」

「お断りします！」

僕の誘いはにべもなく断られてしまった。

店員達の引き止めも虚《むな》しく、ディアンドラはさっさと帰ってしまう。

「坊っちゃんって案外モテないんですね」

番頭が同情するような目で言う。

「そんなことないぞ！　そのうち絶対に彼女を僕のものにしてみせる」

「頑張って下さいまし。カルマン商会の女主人にピッタリの人材です」

番頭は上機嫌だ。店員達も嬉しそうにニヤニヤしている。

「女主人……」

ああそうか……ディアンドラを僕の伴侶にと期待しているのか。僕はいずれこの商会を継ぐ身だものな。

「………彼女は」

なんだろうこの後ろめたさ。

「僕と結婚はできないよ。一人っ子で、家を継がなくてはいけないそうだから」

途端に番頭の表情が抜け落ちた。分かりやすく落胆している。

「そうでございますか……」

ふと、ディアンドラが領地を継がなくてもいい状況だったらと想像してみる。

僕と結婚して、一緒にカルマン商会を切り盛りして、二人でアイディアを出し合って、どんどん新しいビジネスにチャレンジして。

なんだこれ……やけにしっくりくるな。ものすごく具体的にイメージできてしまう自分に驚く。


でも現実には、結婚はできないのだ。

それを分かっていながらディアンドラに付き纏《まと》う僕はなんてひどい奴だろう。

彼女のためを思うなら関わらないほうがいい。彼女の婚約者探しに僕は邪魔なだけ。

分かってはいるんだけど……。ごめん。ディアンドラ。でも僕は……もっと君を知りたくなってしまった。

領民のため。友達のため。ネバンドリアの客のため。いつも人のために一生懸命なディアンドラ。彼女自身が問題を抱えていて大変なのに。

ディアンドラのような人こそ幸せにならなくてはいけないと思う。

君はもっとみんなから愛され、大事にされるべきだ。

◆◆◆

財務長官であるレヴィ侯爵の豪奢《ごうしゃ》な屋敷の一室。

ナイジェル・レヴィは肩で息をしながら立ち尽くしていた。

床には先ほど彼が暴れてひっくり返したテーブルや割れた花瓶、破れた本などが散乱している。

手にはディアンドラから送り返されたドレスが握られていた。ナイジェルが自ら選び、プレゼントしたシルクのドレスだ。

「俺のプレゼントは受け取れないっていうのか。ちくしょう！」

椅子を蹴飛ばす。サイドテーブルに当たり、乗っていたランプが落ちて割れる。

「ディアンドラ・ヴェリーニ……君はまったくひどい女だよ」

そう呟《つぶや》くとナイジェルは暗い笑い声を上げた――。

第11話　聖域

カルマン百貨店での一件以来、店に行くと店員さん達が親しげに話しかけてくれるようになった。

友達がほとんど皆無の私にとっては嬉しいことなんだけど。関わらないようにしようと思っていたロバートと頻繁に顔を合わせるようになってしまうのが悩みの種だ。

先日のお礼がしたいと何度も何度も誘われたけど、丁重にお断りしていた。

しかしあまりにも何度も誘われ、店員さん達にまで懇願されるので、とうとう根負けした。

「評判のいいオペレッタがあるんだ」

ロバートの提案で歌劇を観に行くことになった。舞台を観るのは楽しみだけど、男性と二人きりで出かけるのは気が重い。

約束当日の朝、カルマン百貨店から荷物が届けられた。開けてみたら上品なワインレッドのドレスが入っている。

『これを着た君をエスコートできるのを楽しみにしています』というカードまで添えてあるので、仕方なく受け取ることにする。

着てみたら、意外なことに胸元が隠れるデザインでホッとした。

ベース部分はワインレッドのベルベット生地で、胸元は同系色のレースになっている。

これならジロジロ見られなくて済む。でも正直ロバートがそんなドレスを選んだことは意外だった。初めて会った時、あんなに胸元ばかり見ていたくせに。


やがて夕方になり、馬車で迎えに来たロバートは、ドレス姿の私を見て「綺麗だ。さすがは僕の見立てだな」と目を細めた。

馬車の中でロバートが青いビロードの薄い箱を取り出す。中には見事なルビーのイヤリングが入っていた。

「そんな高価なもの受け取れません！」

遠慮でなく、はっきりと断る。

「大丈夫。受け取らなくていい」

分かっているとでも言いたげに頷く。

「貸すだけだ。うちの店の宣伝になると思って着けてくれると嬉しい」

絶対嘘だと分かっているんだけど。そう言われると断れない。

ロバートがそっと手を伸ばし、イヤリングを着けてくれる。

「うん。何を着けても似合う。君は最高の広告塔だね」

にっこり笑って明るく言う。

「そうそう、もう一つあったんだ」

ポケットからもう一つ小さな小箱を取り出して開ける。

「それ……………！」

私は息を呑《の》んだ。

ロバートは私の手を取り無言で『それ』をはめてくれた。

そのなんの変哲もない小さなルビーの指輪は紛れもなく、あの日私が売った祖母の形見の指輪だった。

いつの間に買い戻してくれたのだろう。祖母の形見であることは知らないはずなのに。

私は唇を嚙み締め窓の外を眺め、涙が出そうになるのを必死に堪えた。

◇◇◇

劇場について馬車から降りると、人々の視線が私に集まる。悪口もちらほら聞こえて来る。平気だ。いつものことだもの。

人混みの中にナイジェル・レヴィを見かける。ロバートと一緒に馬車から降りてきた私を驚いたような目で見つめていた。

そしてニックとクロエも。私がロバートにエスコートされているのに驚いた様子だったが、不愉快なので気がつかないフリをして通り過ぎる。あの二人とはもう関わりたくない。

劇場に入り、席に向かった私は案内された先でギクリと立ち止まった。

(ボックス席……！)

どうしよう。てっきり平土間か中央バルコニー席あたりだと思っていたのに。

ボックス席は怖い。薄暗い密室だからだ。男性と二人でボックス席に入るとろくなことにならない。過去に何度か危ない目に遭ったことがあり、思い出しただけで足がすくむ。

「ディアンドラ」

私の心を見透かしたようにロバートが優しい声で言った。

「今日は君へのお礼と言ったはずだ。大丈夫、信じてくれ」

ボックス席のカーテンを開ける。

「あ……」

本来なら椅子が五つ配置されているはずのボックス席。

そこに椅子が二脚だけ置かれていた。端と端に思いっきり離されて。間には小さなテーブルもあった。

観劇の最中に手を握ることも肩を抱くことも叶《かな》わない距離。男女のカップル用の席としてはあり得ない配置だ。ロバートが私に気を遣ってくれたんだということはすぐに分かった。ホッとして、握っていた拳の力を抜く。

上演が始まるとロバートは私には構いもせず、舞台を鑑賞し始めた。

「ははは」と、時々笑い声まで聞こえてくる。だから私も肩の力を抜いて舞台を堪能できた。

そのボックス席はまるで聖域だった。貴族達の誹謗中傷も、男性のいやらしい視線も何も気にしなくていい空間。私が笑っても「笑顔で男を誘っている」なんて言われる心配もない。

歌劇はコミカルなシーンが多い喜劇で、私も声をあげて笑った。こんな風に笑ったのなんていつ以来だろう。

嬉しくて、笑いながら泣きそうになった――。

◇◇◇

「今日は本当にありがとう。とても楽しかったわ」

帰りの馬車の中で、お礼を言った。

「こちらこそ。君のような美女と観劇できるなんて光栄だ」

優しい微笑み。さりげない気遣い。

「あなたがモテるの、分かるような気がするわ」

「はは。接客業だからね。社交的でないと務まらない」

「…………あなたって、いい人よね」

「…………………」

目と目が合う。数秒後、ロバートが少し眉尻を下げて目を逸らした。

「僕を信用しないほうがいい。下心の塊だからね」

分かっている。彼の目を見れば分かる。アドニスが私を見る目とは違う、熱を孕《はら》んだ目。

それでも——。

少なくとも彼は私に胸元の隠れる服をプレゼントしてくれた。私の気持ちを考えてくれたその思いやりが嬉しい。

タウンハウスの前で馬車を降りる。

「ありがとう。でもやっぱりあなたはいい人だと思うわ」

ついうっかり『五箇条』を破って微笑んでしまった。

ロバートは真顔で私の顔を見つめた。二人の視線が絡み合う。

あ、まずい。この流れは……抱きしめられるか、キスされるかの流れだ。しまった、ムードを自分から作ってしまった……？　男性といる時、気を抜いてはダメだと分かっていたのに。迂闊《うかつ》だった。

……と思ったら、彼は目を瞑《つむ》って大きく息を吐き、

「じゃあね。おやすみ」

そう言うと、私に指一本触れることなく背を向けて馬車に乗り込み去っていった。

私はホッとして肩の力を抜いた。

——ほらやっぱりいい人だわ。

◆◆◆

ディアンドラの故郷、ヴェリーニ子爵領。

子爵の屋敷ではディアンドラの父が客人と酒を酌《く》み交わしていた。

「馬を休ませることができ、助かりました。ありがとうございます」

「いやいや、困った時はお互い様です」

ヴェリーニ子爵はニコニコしながら男の杯に酒を注いでやる。

男は行商人だった。ヴェリーニ子爵の屋敷の近くで馬を休ませていたところを、子爵が見つけ声をかけたのだ。「もうじき夜になるから、移動は翌日のほうがいい」と。

男は一晩ヴェリーニ子爵の屋敷に泊めてもらうことになった。

子爵は困った人を見ると放っておけない性質《たち》なのである。滅多に客人も来ない田舎。話し相手ができて子爵は上機嫌だった。

男の話によると彼は行商人で、きゅうりの苗を売って王都へ戻る途中だそうだ。

最近きゅうりの苗が飛ぶように売れているらしい。貴族のお茶会できゅうりのサンドイッチが流行《はや》っているためだ。

この国の気候はもともときゅうり栽培には向いておらず、きゅうりは高級品だ。

「しかし、私どもは品種改良に成功しましてね」

男が声を潜めて言う。

「簡単に栽培できるようになったんです」

ヴェリーニ子爵もきゅうりの供給が需要に追いついていないことは知っていた。

「きゅうりは高く売れますから。大麦の五倍近い収入になるんですよ」

五倍……！　ヴェリーニ子爵は息を呑んだ。

「苗だと収穫までが早いんです。どの領地でも争奪戦ですよ」

ヴェリーニ子爵領は赤字続きである。もっと単価が高い野菜を作れば収入が増えるのではないだろうか。きゅうりは最初の年こそ苗を買う必要があるが、種を採取すれば翌年からは種《しゅ》苗代《びょう》もかからないという。

話を聞いているうちに、子爵はきゅうりの苗が欲しくなった。聞けば聞くほど、赤字を脱却するにはきゅうりしかないような気がしてきた。

「今から苗を購入することは可能だろうか？」

男はしばらく考えていたが、やがてにっこり笑って言った。

「あちこちの領地から注文を受けているんですが、ここで知り合ったのも何かの縁です。なんとか都合しましょう」

「本当か！」

ヴェリーニ子爵は喜んだが、同時にもしかしたら途方もない金額をふっかけてくるのではないかと少し警戒していた。なので、男が提示してきた苗の金額を聞いて安心した。常識的な金額だったからだ。

こうして商談は成立した。ヴェリーニ子爵は今シーズンの領地のすべての作物をきゅうりに変更することにし、男に苗を注文した。

「では一週間後に苗を配達するよう手配しますね」

そして自分は後日、苗の代金を受け取りに来ると言って男は去っていった。

（きゅうりができたら王都のディアンドラに持って行ってあげよう）

子爵は王都で頑張っている一人娘のことを想った。


ヴェリーニ子爵はまだ知らなかった――。

領地で植えたきゅうりが娘の口に入ることなど永遠にないことを。

第12話　エロバートはいずこへ

「ふふ。へへ」

「おや坊っちゃんご機嫌ですね。何かいいことでも？」

おっと。気をつけねば。頭の中でディアンドラとのデートを繰り返し再生していたのだが、知らぬ間にニヤけていたようだ。

これって、僕的にはものすごく珍しいことで、自分でも驚いている。

普段の僕は女性と一緒にいる時間は長くても、女性のことを考えている時間は短い。

女性のことを考えているのは口説いている間だけ。そして自慢じゃないが、口説き落とすまでにかかる時間は短いのだ。……改めて考えると最低すぎるな。

ボックス席は暗くて姿はよく見えなかったけど、確かにディアンドラの笑い声が聞こえた。

(よかった…リラックスしてくれたみたいで)

あの時、僕は心から嬉しかった。だってディアンドラの五箇条には「笑わない」も含まれているから。

あんな可愛らしい声で笑うんだな、ディアンドラ。

義理で僕と一緒に出かけてくれたのは分かっているけど、彼女にも楽しんでほしかったんだ。

ディアンドラは男性といる時は常に気を張って、警戒している。これまで彼女が受けてきた仕打ちを考えればそれも無理はない。いつも気を張って警戒して……。ディアンドラは何一つ悪くないのにだよ。おかしいだろ。

彼女はもっと毎日楽しく過ごすべきだ。笑いたい時に笑い、食べたいものを食べ、好きな服を着て欲しい。

『ありがとう。でもやっぱりあなたはいい人だと思うわ』

あの日、別れ際《ぎわ》に微笑んでくれた時、心臓がギュッとなった。

間違ってるよディアンドラ。僕はいい人なんかじゃない。君に触れたくて仕方がない、煩悩だらけの俗物だ。

……だけどね。君に笑ってほしい……あの日はその気持ちのほうがちょっぴり勝った。

だからギリギリ耐えたよ。危なかったけど。……別れ際《ぎわ》、もう少しでキスしてしまうところだった。チャンスだったのにもったいなかったな……ああ、あの唇……柔らかそうだった……。

「ちょっとロバート聞いてるの！」

「……っ！　ああ、聞いているよジェシカ」

接客中だった僕は、女性客の苛立った声にハッと我に返った。

最近気がつくとディアンドラのことばかり考えていて、仕事が疎《おろそ》かになっているような。

僕としたことが。公私はきちんと分けねば。

改めて目の前の三人の女性客に目をやる。

(よーし。ここはひとつ気を引き締めて、ドレスと宝石をセットで売るか!)

「デコルテのレースがセクシーだ、ゲルダ。そこにこのダイヤを合わせてみないか」

ダイヤのネックレスを着けるついでに耳に息を吹きかける。

「このホットピンクのドレスはねデボラ、男が脱がせるためにあるんだよ」

二の腕を優しく撫でながら囁く。どうだ。

「いけない子だね、ジェシカ。そのドレスを着た君は知らない女性のようだ。僕を誘惑しているの?」

手を取り親指で撫でながら口づけする。流し目もサービスでつける。

が――。


ゲルダとデボラとジェシカの三人は腕組みをするとウーンと唸《うな》った。

あれ?

「なんてこと! 噂は本当だったのね」

「噂?」

「エロバート死亡説よ」

「エロバート？」

「あなたのあだ名よ」

……ひどいあだ名だ。

「？？　死んでないけど僕」

「「「だって色っぽくないもの！」」」

三人の令嬢は目を三角にしてギャンギャン吠えた。

「何よ今の触り方！　うちの五歳の甥《おい》っ子以下だわ」

「これまでのいやらしい感じはどこに行ったの？」

「あんな健全な目つきではドキドキしないじゃないの！」

ええー⁉

「これまでは疑似不倫体験ができてよかったのに、がっかりだわ」

「ぎ、疑似不倫とは？」

「本当の不倫ではないから咎《とが》められないけど、ちょっぴりドキドキできること！」

「な、なるほど……」

そんな需要があったとは。

「私達のエロバートを返して！」

「ハニー、女の子がそんな下品な言葉を使ってはいけないよ」

「「エロバートぶらないで！」」

まさに青天の霹靂《へきれき》。僕の誘惑が通用しなくなったようなのだ。しかも、この三人以外も同じことを言っているという。

信じられなくて、ゲルダ達の了承を得て再度チャレンジさせてもらった。

「二人きりになれるとこに行かないか？」

「いい子にしてたら、気持ちいいことしてあげるよ」

「ダメだよ、今夜は帰さない」

何度やり直してもダメだった。もはやドレスを売るどころではない。

終《しま》いには三人に「もっと心を込めて！　諦めないで頑張って！」と励まされる始末。

せめてもの救いは、ゲルダとデボラとジェシカがドレスを買ってくれたこと。

「私達からのお見舞いだと思ってちょうだい。一日も早い全快を祈っているわ」

三人は慈愛に満ちた眼差しでそう言い残し帰っていった。

僕は自慢の五秒伝説の崩壊に戸惑いを隠せない。一体どういうことだろう。まさかもう歳なのか？　男としての魅力が枯れた……？

「ランバルド伯爵夫人が赤い薔薇三十本、今すぐ配達して欲しいとのことです。坊ちゃんご指名で」

番頭から連絡を受けた僕はトボトボとランバルド伯爵家に向かう。ちょうどいい、夫人に相談してみよう。

王都の商業地区の北、王宮の近くのランバルド伯爵邸。家柄の割にこぢんまりした屋敷だが、利便性は抜群だ。

僕が屋敷に到着すると、ちょうど入れ違いでガタイのいい青年が乱れた服を直しながら出てきた。服装から見て、王宮の近衛兵のようだ。

ほらね、この屋敷の利便性は抜群なんだ。昼間こっそり抜けてもすぐ職場に戻れる。

ランバルト伯爵夫人はお元気なようで何より。枯れてしまった僕と違って。

「ロバート！　待っていましたよ。不能になったというのは本当なのですか⁉」

ゴフッ！　なんという直球。

「なってません！」

不能になったわけでは断じてない。それは断言できる。だってディアンドラのことを考えると――。

自分が今どこにいるのかも忘れ、ディアンドラのことを妄想していたら……夫人は眉を寄せ呆《あき》れたように肩をすくめた。

「なるほど？　不能ではないようね」

侍女に紅茶を持って来させ、僕に座るよう促す。

先日のジェシカ達三人とのやりとりを話すと、夫人は珍獣を見るような目つきで僕を上から下まで眺め回した。

「ロバートあなた……恋をしたのではなくて？」

はっ！　笑わせる。何を今さら。

「一応、恋愛経験は豊富なほうだと自認しているんですがね」

「ちょっとお待ちなさい！　誰が恋愛経験豊富ですって？」

「はい？」

「あなたがいつ恋愛を経験したと言うの」

「え……と、ほら色々と……夜会などで」

「女性経験と恋愛経験は違うわ」

「え？」

「あなたは女性経験は豊富かもしれないけど、恋愛に関してはほぼ童貞ね」

ええー！　僕って恋愛童貞なの？

なんか最近親父にも似たようなことを言われたような……。

「あなたのお色気が、意中の彼女に一極集中してしまったのね」

夫人がしんみりと言う。

「私のこれまでの教えが役に立って嬉しいわ」

「いや、今のところまったく役に立ってませんけど」

「で、お相手はどなた？」

「教えません」

「あら、やっぱりいるのね」

「…………」

ニヤニヤしながらハンカチを振る夫人に見送られながら、ランバルド伯爵邸を後にする。

「何が恋だ、馬鹿馬鹿しい」

夫人が変なこと言うからかえって意識してしまうじゃないか。

冷静になれロバート。家の事情があるだろう？　彼女と恋愛なんてできるはずないんだ。

だから最初から遊びのつもりで近づいたんじゃないか。単にヤリたいだけだろう？

僕は……彼女と単に………………僕は……………


「……会いたい…………」


会いたいのだ。僕は今ディアンドラに会いたい。自分が恋をしているのかどうか断定はできないけど、それでも……。

ディアンドラに会いに行く口実を必死で探し、御者にディアンドラのタウンハウスに向かうよう指示した。

第13話　タイム

「親戚の男児にでもうちの爵位を譲ったほうがいいと思うんだ」

数ヶ月ぶりに領地から父がやって来た。

王都での用事を済ませ、帰り際に二人でお茶を飲んでいたら、突然の爆弾発言だ。

「え？」

「先日お前がまた婚約破棄したと聞いたよ」

ああ、あの婚約者から連絡が行ったに違いない。

「まさか家のために望まない相手と結婚しようとしていたのか？」

「お、お父様？」

「ディアンドラ、私はそんなつもりでお前を王都に行かせたのではないのだよ」

父は手をポンと私の頭に乗せ、優しく諭すように言う。

「お前を大切にしてくれる素敵な男性と出会って、幸せになってくれたら。それだけが私の願いだ」

持参金をほとんど用意してあげられなくてすまない、と肩を落としながら。

「負債を抱えた領地とセットではまともな男性は皆尻込みするかもしれないが、お前だけなら引く手あまただろう？　うちのディアンドラはこんなに可愛いんだから」

「お父様、私は領地を立て直したいのよ！」

「お前はあんな田舎に置いておくにはもったいない。華やかな王都で楽しく過ごしたらいい」

「…………」

王都になんていたくない。

「どうしたんだいディアンドラ。まさか王都で嫌なことでもあったのかい」

「い、いいえ、そんなことはないわ」

みんなに嫌われて邪険にされていますなんて、お父様には絶対に言えないわ。心配するに決まってる。

「まずは領地の収穫量を上げて領民の生活を安定させるほうが先よ、お父様。だから爵位の件はもう少し待って」

すると、父は嬉しそうに顔を綻ばせた。

「大丈夫だよ。幸運な出会いがあってね。来季から収入が五倍になる予定なんだ」

「？」

どういうことだろう。

「だからね、お前はもう家のことは心配せずに自分の幸せだけを考えなさい」

そしていつもニコニコした父にしては珍しく真剣な表情になる。

「お母さんが死んだ時にね、誓ったんだ。何があってもお前だけは幸せにするって」

帽子とステッキを手に、帰り支度を始める父。帰り際に、背中を向けたまま寂しそうに呟いた。

「私はお母さんを守れなかった……。家の犠牲になるのはお母さん一人で十分だ」

心臓を錐《きり》で突かれたような気がした。母を失った父の悲しみが伝わってくる。

私のせいだ。私が男の子だったら父から母を奪わなくて済んだはず。だから領地は私が継がなくてはいけないのだ。

父が乗り込んだ馬車を追いかける。ごめんなさい。ごめんなさいお父様。そう叫びたいのに声が出ない。

「ま、待って……お父様！」

父は窓越しに手を振って、去っていった。涙が溢《あふ》れて止まらない。

◇◇◇

しばらく泣きながら立ち尽くしていたが、ふと視線の端に人の姿を捉える。

決まり悪そうな表情で私を見るロバートが門の横に立っていた。

「ご、ごめん……取り込み中だとは知らなくて。前に破れちゃったドレスの修繕が終わったから持って来たんだけど」

恥ずかしいところを見られてしまった。

泣いていたことを誤魔化すように私は慌てて手の甲で涙を拭い、ロバートを家の中に招き入れた。

「何があった？　大丈夫か？」

「ええ……まあ。ちょっと領地のことで」

「話、よければ聞くよ？」

ロバートは話しやすい。人の話を引き出すのがとても上手だからだ。正直、聞いて欲しいと思った。でも同時に男の人に甘えるのには抵抗がある。私が躊躇《ちゅうちょ》していると、

「ねえ、お腹空かない？」

ロバートがふと話題を変えた。

「ごめんなさい。今ちょっとばあやが買い物に行っていて。キッチンに何か食べるものがあるか見てくるわね」

お客様に何かお出ししなくては。領地のことで気が動転していて頭が回らない。

「いや、君は座ってて。ねえ、キッチン借りてもいいかい？」

そう言うとロバートは私の返事も聞かず、さっさとキッチンに入っていった。

食料庫の中をざっと見回し、野菜と鶏肉《とりにく》を取り出す。そして手際よくスープを作り、スープ

を作る時に茹《ゆ》でた鶏肉でサラダとサンドイッチを作った。

「なんだかショックだわ。あなた絶対に私よりお料理上手よ」

「お褒めに預かり光栄です」

「貴族とはいえ、私こんなで結婚できるのかしら」

「別に女性だからとか、貴族だからとかにこだわる必要はないんじゃないか」

ロバートはテキパキと料理を仕上げ、お皿に盛りつけていく。

「うちにも料理人はいるけど、ときどき僕も作るよ。楽しいから。キャロラインはやらないな～」

そんな考え方の男性に初めて会ったので、なんだか新鮮だ。

「女らしさをアピールするために、わざとらしく手作りの物をプレゼントしてくる女性は苦手だな、僕」

そう言いながら彼は指についてしまったソースをペロッと舐めた。

む、無駄に色っぽいのね、ロバート。ちょっとドキッとしてしまったわ。

ロバートが作ってくれた料理はとても美味しかった。つくづく器用な人だなと思う。

優しい味のスープを飲み終わる頃には、私の心の中の棘《とげ》も消えた。

そして私はポツリポツリと口を開いた。

父が爵位を親戚の男児に譲ると言い出したこと。

私は跡を継がなくていいと言われたこと。

母が死んだのは私のせいだということ。

だから私には領地を立て直す責任があるのだということ。

話しているうちに、父との会話を思い出し涙が出そうになった。

ダメ。人前で泣いてはダメ。ぐっと歯を噛み締める。

ロバートは私に向けて手を伸ばそうとして……引っ込めた。

そしてちょっと考えてから、「タイム！」——と言った。

「え？　何？」

意味が分からなくて困惑する。

「ほら、よく剣術の大会とか、馬術競技とかで一時的に中断する時に言うだろ。あれだよ。タイム」

「？？」

「だから……さ」

ロバートは人差し指で鼻の頭をかきながら言った。

「タイムって言った時だけ君の五箇条を一時的に無効にしないか？　で、僕もタイムの間は変な下心は保留にする。絶対変なことはしないと約束する。だから……」

優しく微笑んで両腕を広げた。

「…………………おいで」

あ……もうダメかも。ギリギリで堪えていた私の涙腺は呆気なく崩壊した。唇を噛み締めても涙がボロボロ溢れて止まらない。

「タ、タイム……」

私はそう言うとロバートの腕の中に飛び込んだ。ロバートの腕の中は広くて温かくて最高だった。

その優しい心地よさがますます私の涙腺を緩ませ、いよいよ涙が止まらなくなる。だって王都に来てからずっと我慢していたのだ。決壊した河川の如《ごと》く、私はロバートに抱きしめられたまま泣きじゃくる。

ロバートは約束通り変な触り方はせず、赤子をあやすように私の背中をトントンと軽く叩いてくれた。

「ヒック……わ、私、別に恋愛がしたくて婚約破棄してたわけじゃないの」

「うん。領主として務まるかどうか見極めていたんだろ。分かってる」

「でも、し、親戚にって……お、お父様が」

「うんうん。つらいね。せっかく君が今まで頑張ってきたのにね」

なんて聞き上手な人だろう。止まりかけた涙がまた出てきた。

「も、もうどうしよう、わ、私」

ロバートがそっと髪を撫でながら優しく耳元で囁く。

「大丈夫だよ、ディアンドラ。大丈夫だ」

現状を見る限り、全然大丈夫ではないはずなのに、ロバートにそう言われると大丈夫だと思えてくるから不思議だ。

やがて涙は止まったけど、私は動けずにいた。私を抱きしめている腕は逞《たくま》しくて、さっきまでの不安が嘘のように安心できた。私の髪を撫でるロバートの手はどこまでも優しい。あまりの心地よさに、身体の力が抜けていく。

ああ……もう、ずっとこの腕の中にいたい。人生つらいことが多すぎる。もう疲れちゃった――。

◇◇◇

どのくらい経っただろうか。

いつの間にか眠っていたらしい私はハッと目を覚まし、ロバートの腕の中から飛び出した。

「おや、目が覚めたのかい。もっと眠っていてもよかったのに」

「わ、私いつの間に！　ごめんなさい」

恥ずかしさで顔が赤くなる。

ロバートがそんな私を見て目を細める。

「ちょっと残念だけど、タイム終了か」

気が付くともう辺りは暗くなっていた。

「あら？　ばあやは？」

「さっき帰ってきたよ」

うわー。この状態を見られたのね。恥ずかしすぎる。

「ディアンドラ、あのさ」

ロバートが不意に真面目な顔で言う。

「領地の負債全部を肩代わりするのは無理だけど、君とお父上の生活の援助くらいならできる。見返りなんて求めないから、頼ってくれないか」

「…………。ありがとうロバート。でもそれでは意味がないの」

私達は領主だから。領民の生活を第一に考える義務があるのだ。

「君はそう言うだろうと思ってた」

ロバートは残念そうにため息をついた。

「でも困った時はいつでも僕を頼ってくれ。君の願いならなんでも叶えてみせるから」

世の中にはどうにもならないことだってあるのよ、と言いたかったけどロバートの気持ちだけありがたく受け取っておくことにした。

「あとタイム制度だけど。これからも好きな時に使ってよ」

二人の秘密にしよう、とロバートが明るく笑う。

ありがとうロバート。あなたのおかげで心が軽くなった。また明日から頑張れる気がする。

彼が帰った後、持って来てくれた修繕済みのドレスを見たら、胸元に見たことのない布が当てられて、勝手に胸が見えないデザインに変えられているではないか。

ありがたいけど、一体どうしたというのだろう。出会ったばかりの頃はあんなに見てたくせに。

◇◇◇

恥ずかしながら、私はその後もちょくちょく『タイム』のお世話になった。

パーティーなどで嫌味を言われたり、貶められたりすると魔法使いみたいにロバートがどこからともなく現れるのだ。

そしてあの低く優しい声で「おいで」と腕を広げる。

心が弱っている時に彼の『おいで』を拒否できる人なんているだろうか。

彼は約束通り、タイム中は変なことは一切しなかった。いやらしい冗談も言わなかった。

私は思う存分彼の腕の中で愚痴をこぼし、泣き、甘えることが許された。

「君って人は……こんなに泣き虫で甘えん坊なのに、今までよく我慢してきたね」

そう言って背中をトントンしてくれた。

本当にロバートは私を泣かせる天才だと思う。

第14話　こき使われて

ディアンドラを安心させてあげたい。

彼女の一番の懸念《けねん》は領地の収穫量が激減していること。次に優秀な婿《むこ》が見つからないこと。

ただ慰めるだけでなく、僕はこれらの懸案事項を解決したいと思っている。そうと決めたらさっさと行動しよう！

………ってなわけで、僕は今ヴェリーニ領に行って、そこから王都へ戻っている最中だ。

灯《あか》りもない田舎道を馬に跨《また》がり駆け抜ける。明るくなってから出発してもよかったが、一分一秒でも時間が惜しい。不眠不休で全速力。通常なら一日半かかる道を一晩で走り、明け方に王都に帰り着いた。

まっすぐに王立科学アカデミーの研究所に向かい、人気のない暗い廊下の突き当たりの部屋の扉をノックする。

「サンプル採取してきました。早く分析をお願いします！」

「あー君、いいところに来た！　ちょっとこれ押さえてくれるかな」

白い髭《ひげ》を長く垂らした小さな老人――アーデン教授は僕を手招きした。

言われるがままに何かが煮立った謎の大釜を押さえるのを手伝う。教授はそこに怪しげな液体を注ぎ入れ――――ボン！　という爆音に続いて、モクモクたちこめる黒い煙に完全に視界を奪われた。

「ゲホ、ゲホッ！」

「すまんすまん。次はもう少し濃度を下げないと」


少し前からディアンドラの実家の領地の土壌を調べてくれる専門家を探していた。その結果、僕の師匠であるランバルド伯爵夫人に紹介されたのがこの男だった。ゆうに七十歳は超えているこの老人は王立科学アカデミーの地質学者だ。

ヴェリーニ領の作物の収穫が激減している事情を話し、原因と改善方法を教えて欲しいと伝えたら、いくつか条件を出された。

一つはヴェリーニ領の地質サンプルを採ってくること。もう一つは調査の報酬代わりに彼の手伝いをすること。

僕は二つ返事で承諾した。そして今、ヴェリーニ領から土壌サンプルを採取して戻って来たところだった。

「さあ、早く調査して下さい！」

「まあそう焦りなさんな」

老人はポケットからくしゃくしゃになったハンカチを取り出し、煤で真っ黒になったメガネを拭いた。

「教授の手伝いっていつまですればいいんですか？」

「ワシがヴェリーニ領の調査を終え、レポートを書き終わるまでじゃよ」

なんだ、サンプルさえ採って来れば即結果が出るんだと思ってた。このジジイ本当に研究者なんだろうな？　なんか胡散臭《うさんくさ》いんだけど。

僕は渋々承知した。そしてヴェリーニ領から持ってきたお土産を手渡した。

「これ。お土産です。採れたてのムール貝」

「ほほう。美味《うま》そうじゃの」

教授は喜んでムール貝を受け取ると、上機嫌で次の指示を出した。

「では早速王都の東地区の下水のサンプルを採って来てくれるかの。次にレト河下流のサンプルと、ガイヤの丘の断層の上部に生えている植物を数種類採って来てくれ。それから――」

はー。人使い荒いな。仕方ないか。早く調査が終わってくれることを祈るしかない。

僕は睡眠不足の身体を引きずり、研究室を出て目的地に向かった。

◆◆◆

ロバートが出ていき、一人になった教授は、

「さて……と」

ヴェリーニ領の土のサンプルを手に取った。それを顕微鏡で観察したり、薬品を混ぜたりしながら同時にメモを取る。そして一時間もしないうちに、分析を終えた。

そんなことは知る由《よし》もないロバートは、それから二週間にわたり彼に奴隷の如くこき使われることになる。

「若者よ、悪く思うでないぞ。この歳になるとフィールドワークもなかなかにキツいのでな」

身体は老いてもそこは学者。頭だけはしっかり……というよりはちゃっかりしていた。

「ロバート・カルマン、なかなか気骨がある若者じゃ。少なくとも先日訪ねてきた財務長官の息子のように金で解決しないところがいい。フォフォフォフォ」

独り言を言いながら、教授は実験用のアルコールでムール貝の酒蒸しを作り始めた。

◇◇◇

昼間はアーデン教授にこき使われ、夜は百貨店に顔を出し番頭から報告を受ける。

「坊っちゃん、その格好はどうしたんですか。戦地にでも赴《おもむ》いていたので？」

毎日泥だらけでボロボロになって現れる僕の姿に店員一同ギョッとする。

今日はまだいいほうだ。服に何箇所か穴が開いて、顔が真っ黒なだけだから。

一昨日は悲惨だった。夜間のテンの生態を観察させられていたら、身体中蚊に刺された。瞼《まぶた》が腫れ上がり、別人のようになって悲しかった。


店のほうは特にトラブルもなく、売り上げもいつも通りのようだ。

……ああ、もう十日以上ディアンドラの顔を見ていない。会いたいな。禁断症状だ。つらい。

ディアンドラはちょくちょく百貨店に顔を出していると番頭から聞いた。何も買わずにキョロキョロしていたと教えてくれた店員もいた。

僕のこと探してくれてたりしないかな。そうだったら嬉しいのに。

「今日はディアンドラは店に来たのかい？」

なるべく平静を装って番頭に尋ねる。

「それが――」

番頭が言葉を濁し視線をチラリと横に向けると、ひょっこりディアンドラが現れた。

心臓がドキっとした。

「ディアンドラ！　こんな夜遅くにどうしたんだ？」

何かあったのかと心配になった。

「とりあえず送っていくよ」

僕はディアンドラを自宅まで送ることにする。

「ちょっと顔洗って着替えてくるから待っててくれる？」

ディアンドラがコクリと頷く。

歩いても十分程度の距離なのだがあえて馬車にする。

なぜって……ディアンドラと二人きりになりたかったから。

タイムを口実にしてディアンドラを抱きしめたかったから。

あのジジイのせいで、毎日全身ボロボロなんだから、それくらいいいだろう。

この辺でディアンドラ成分を補充しないと僕死にそうなんだよ。

御者に、僕が合図するまでその辺をぐるぐる回ってくれるように指示する。

ごめんねディアンドラ。こんな下心ばかりの男で。


「久しぶりだね、ディアンドラ」

ああ。久しぶりに見るディアンドラが眩《まぶ》しい。

「ロバートどうしてそんなにボロボロなの。大丈夫？」

「大丈夫だよ。それよりどうした、何かつらいことでもあったのか？」

ディアンドラが口ごもる。

「つらいことは特にないのだけれど……さ、寂しいことが……あった、というか？」

赤い顔をして。モジモジしている。まさか僕に会えなくて寂しいと思ってくれた？

そう聞きたかったけどやめた。だって、万が一にも……そうだと言われたら。

僕は『タイム』のルールを破らないでいられる自信がない。

「そっか。寂しかったんだね。じゃ……タイム？」

はやる気持ちを抑えて、余裕のある大人のフリをして腕を広げる。

「タ、タイム！」

ディアンドラは恥ずかしそうに僕の胸に飛び込んできた。膝に乗せ抱きしめ、髪を優しく撫でる。

腕に伝わる彼女の身体の柔らかさと甘い香りに頭がクラクラする。

ああ癒やされる。生き返った気分だ。完全に中毒患者じゃないか。

男を寄せ付けない五箇条を信条としているディアンドラ。そんな彼女が甘えてくれるのが嬉しい。

可愛くて。

可愛くて。

抱きしめる腕に思わず力が入ってしまいそうになるのを必死で抑える。本音を言えば僕はこの程度では全然満足できない。もっと思い切り君を愛したい。でも——。

君の信頼を失いたくないから。君がホッとできる場所でいたいから。僕は醜い欲望を隠し、いい人を演じる。

そう決めたのに。いつまでも家に着かない馬車に対して君が何も言わないから。いい人でいる決心が揺らぎかけた。危なかった。

アーデン教授にこき使われてクタクタのはずなのに今夜は眠れそうにない。

◇◇◇

「教授、まだ分析は終わらないんでしょうか」

「うむ。今一生懸命調べているところだ」

教授の目が泳いでいる。土壌調査ってそんなに時間がかかるものなのか？

「せめて進捗状況だけでも教えていただけませんか。解決策はあるんでしょうか」

「楽勝じゃ」

「は？」

「来季から収穫量は増やせる」

「本当ですか⁉」

本当だろうか？　だとしたらディアンドラはどんなに喜ぶだろう。泣き虫だから、嬉し泣きするかもしれない。泣きすぎて鼻が赤くなったディアンドラも可愛いんだけどね。

そしたら抱きしめて背中トントンだな。優しい言葉をかけるとかえって泣いちゃうんだよね。

泣き止ませるには背中トントンが最強だ。背中をトントンしているうちに、だんだん力が抜けてきて僕に身体を預けてくれるところがいい。可愛くて、グッとくる。この子は僕が守らなきゃって思うんだ。


下心があるからバチが当たったのだろうか。

僕は数分後、背中トントンのことなど考えている場合ではなかったことを思い知る。

その時僕は崖っぷちにいた。いや、比喩じゃなくて物理的にね。

アーデン教授に崖の上に咲いている珍しい花の採取を命じられていたのだ。

岩だらけで風も強い崖っぷちで懸命に咲いている赤い花。その花にディアンドラの姿を重ねてしまったのが間違いだった。

ただの植物なら、届きそうにないと思ったら諦めてさっさと帰っただろう。

でももし愛しいディアンドラが崖っぷちに立っていたら？　僕はその花をどうしても連れて帰りたくなってしまって……。

『おいで』

無理な体勢で手を伸ばした。

ディアンドラの手……じゃなくて赤い花の茎を握った瞬間、僕は大きくバランスを崩し——

真っ逆さまに崖から落ちていったのだった。

第15話　ロバートの五箇条

（ロバート！）

髪が乱れるのも気にせず、私は馬車を降りると全力で走り出した。足がもつれてうまく走れない。

息を切らして辿り着いたそこは、カルマン家の本宅の玄関だ。

今日、いつものようにカルマン百貨店に行ったら、番頭さんが血相を変えてやってきた。

知らせを聞き、ショックのあまり目の前が真っ暗になる。ロバートが崖から転落して、意識不明の重体だというのだ。

私は無我夢中で馬車に飛び乗り、カルマン家に向かった。

（神様！　ロバートを助けて！）

ドアが開けられるのを待ちきれず、私は両手の拳でドンドンと激しくドアを叩き続けた。

「うるさいわね！　なんなの！」

ドアの向こうで怒鳴り声が聞こえ、ロバートの妹のキャロラインが顔を出した。

「めっ、女狐っ⁉　なんであんたがここに」

「ロバートは⁉　崖から落ちて昨日から意識が戻らないって番頭さんが……」

「そうだけど……ってアンタ何勝手に入って来てんの⁉」

「ロバートはどこ？　二階？」

「二階の右奥だけど……いや、ちょっと待ちなさいよ！　どこに行くのよ女狐！」

キャロラインの怒鳴り声は私には聞こえなかった。

ロバートのことが心配で心配で、私は半ば強引に家に上がり込み、二階に駆け上がった。

「ロバート！」

泣きわめきながら二階を彷徨《うろつ》いていたら、通りがかった綺麗な中年のご婦人がロバートの部屋を教えてくれた。

「ロバート！」

私は勢いよくロバートの部屋のドアを開ける。淑女にあるまじき乱暴さだったけど、そんなこと言ってられない。

部屋の中央にあるベッドに、包帯でぐるぐる巻きになったロバートが横たわっている。

「ひっ……！」

痛々しい様子にショックを受けた。

「ロバート！　死なないで！　お願いよ」

ロバートの手を握りしめ、おいおい泣き叫んでしまった。

「――君のお願いなら、死ぬわけにはいかないな」

「ロバート⁉」

包帯の隙間からウィンクするロバート。どうやら私は早合点《はやがてん》していたらしい。『昨日から意識が戻らなかったが先ほど戻った』のだそうだ。嬉しくてホッとして……私はロバートに抱きついて泣いた。

――『タイム』と言うのも忘れて。

ロバートはいつものように私の髪を撫でてくれたが、目は何かを考えているように忙《せわ》しなく動く。

私が少し身を離すと、彼の手は逡巡《しゅんじゅん》するようにしばし空中を彷徨《さまよ》ってから、ゆっくりと私の頬に触れた。

大きくて無骨な手には似つかわしくない優しさで、そっと頬を撫でられる。

ゾクゾクするような感覚が背筋を駆け抜ける。タイムの時とは違う……男の人の手だ。

ロバートの視線が私の視線を捉え、私達は無言のまま見つめ合う。

彼は親指で私の唇にそっと触れた。

左から右、右から左へと親指が私の唇の上を行ったり来たりする。

触れられたところが熱い。身体中の神経が唇に集中しているようだ。

込み上げる切ない感情に胸がいっぱいになる。

ただの指なのに、まるでキスをされているような気分になるのはなぜだろう。

私は目を開けていられなくなり、睫毛《まつげ》を伏せた。ロバートがごくりと唾を呑むのが聞こえる。

少し間があってから、彼は掠《かす》れた声で、

「タイムって言うの忘れてるよ、ディアンドラ」

そう言うと、咳払《せきばら》いをして横を向いてしまった。


ロバートは崖から落ちたものの、上手いこと木の枝に引っかかったらしい。

切り傷や打撲はあるものの、骨折はなかった。軽傷で済んだのは奇跡だと言っていた。

「なぜそんな怪我をしたの？」

そう尋ねても、

「ふふ。名誉の負傷ってやつかな」

と言って教えてくれなかった。

帰り際、キャロラインの何か言いたげな視線が気になった。気のせいだろうか、以前のような険がなくなったような……。


その晩、家に帰った私は一人自室でロバートのことを想う。

ロバートに指摘されるまで、自分が『タイム』を忘れていたことに気付かなかった。

抱きついてしまったことを思い出し、恥ずかしくなる。

でも……。ロバートは気付いてたのに、どうしてあの状況で私にキスしなかったんだろう。

『タイム』って言っていなかったんだから、ルール違反にはならないのに。

ロバートはそういうことに奥手な人ではない。初めて会った時、彼がどこかの人妻とキスをしていたことを思い出す。

「……どうして私には」

キスされなかったことを残念に思っている自分に驚いた。

◇◇◇

翌日、見知らぬ老人が私を訪ねてきた。

「君がディアンドラ・ヴェリーニ嬢？　ほほう。これは別嬪《べっぴん》さんだ」

「何か御用ですか」

いきなりジロジロ眺め回されて不快だったので、キツイ態度で応対してしまう。

年寄りだからと言って油断はできない。以前、ヨボヨボのおじいさんに手を貸してあげたらキスを迫られたことがあるもの。私は五箇条を頭の中で復唱した。

「そう警戒しなさんな。フォッフォ」

老人は髭を揺らしながら面白そうに笑う。

「ワシはデミトリ・アーデン。王立科学アカデミーの地質学者じゃ」

王立科学アカデミーの？　地質学者？

「依頼されていたヴェリーニ領の土壌調査の報告書を持って来たぞ」

「…………？」

「なんだ、何も聞いておらんのか。あいつめ、格好つけおって」

何が起こっているのか分からない。ポカンとしている私をよそに、老人は勝手に座って、ばあやが持ってきたお茶をゴクゴク飲んだ。

「さて。ヴェリーニ領では作物の収穫量が落ちて困っているそうだが」

出されたお菓子をすべて平らげ、老人はようやく本題に入った。

「はい。土の中のリン酸の成分が不足していると言われました」

「そうか。でも一番の問題はそこではないのだよ」

一見胡散臭そうに見えたこの老人は、実は王立科学アカデミーでも五本の指に入る研究者だった。国の地質学の第一人者と言ってもいいだろう。

時折、私の胸元をチラチラ見ながら、アーデン教授は一つ一つ説明を始めた。

ヴェリーニ領は海の近くだ。畑の土も少し砂っぽくて、粒子が粗い。粘土のように養分をしっかりキープしてくれる土ではない。だから雨が降る度に養分が流れてしまう。

加えて同じ作物を連続して栽培していた。

この二つの要因によって、うちの領地の土地は『酸性』になってしまったのだという。

酸性の土壌というのは土の中の金属が多い。一部の金属はリンと化学反応を起こす。

本来、作物の栄養として使われるはずだったリンが金属と結合してしまい、作物は栄養失調になってしまったというわけだ。

だから酸性の土壌を改良しない限り、リン不足はいつまでも続く。

「酸性の土壌をアルカリ性に近づけるには石灰を投入するといいんじゃ」

「石灰？」

「カルシウムと言ったほうが分かりやすいかの」

「分かります。でも……骨粉とかのことですよね。高くて買えません」

老人は嬉しそうに笑った。

「ふぉっふぉっふぉっふぉ。骨粉以外にもある」

「？」

「ヒント、お前さんの領地にタダで転がっているものじゃ」

「え……？」

「貝殻じゃ」

あ…………。

「貝殻を粉にして撒《ま》けば問題はほぼ解決する」

海水の塩分による被害——塩害も石灰を撒けば解決するのだそうだ。

今まで、植える作物の組み合わせを変えたり、間に放牧や家畜の飼料を植えたり、休耕の周期を変えたり、色々試したがどれもダメだったことを相談してみた。

するとアーデン教授は、

「ほう？　よく調べたの。大したもんじゃ」

と褒めてくれた。そして、

「酸性でない土壌ならそれも上手くいくはず」

と言ってくれた。

よかった。行き詰まっていた問題解決の糸口が見つかったのだ。暗い洞窟に太陽が差し込んだような、そんな気分だった。

今聞いた話を早く手紙で父に知らせなければ。来季から少しずつ収穫量を増やして行けばいい。もう無駄な肥料にお金を費やす必要もないのだ。

「ありがとうございます。本当にありがとうございます！」

なんとお礼を言っていいのか分からない。

「礼ならカルマン商会の若造に言ってやれ」

「え？」

なぜ突然ロバートの名前が出てくるのか。

「たった一時間の調査のためにワシに二週間もこき使われ、危うく死にかけたんじゃからの」

「え？　ロバートがあなたにこの調査を依頼したのですか？」

「あれで死なれたら寝覚めが悪い。軽傷で何よりじゃった」

ロバートにしつこく頼まれて調査を引き受けたのだと教授は教えてくれた。そして報酬代わりに彼が危険な手伝いを引き受けたことも。

ロバートが……じゃあ、あの怪我は私のせい……。

「教授、私、彼のところに行ってきます！」

「おお、ワシの分も宜しく伝えておいてくれるかの」

白髭の老人はニッと笑い手を振った。

私はタウンハウスにアーデン教授をほったらかしにしたまま家を飛び出した。

ロバートがわざわざ土壌調査をしてくれる人を探してくれたなんて。そんなこと一言も言っていなかった。あんなに包帯でぐるぐる巻きになって……私のために。涙が出てきた。胸が苦しい。そして私は、昨日訪れたばかりのカルマン邸に再び押しかけたのだった。


泣きながらドアを叩くと、呆れ顔のキャロラインが顔を出した。

「女狐……またアンタなの」

階段を駆け上がっていると、昨日ロバートの部屋を教えてくれた中年の婦人とすれ違った。

「あら、ディアンドラさんご機嫌よう。ロバートは部屋よ」

ニコニコしている。

「こんにちは。ありがとうございます……？」

ロバートの部屋の扉を開けると、ベッドの縁に腰かけた彼がいた。寝巻き姿だ。

「ディアンドラ？」

「ロ、ロバートっ」

私は大泣きしながら、彼の胸にダイブした。

「いてっ！」

普段なら私が体当たりしてもビクともしない彼だが、今は怪我人だ。そのまま呆気なくベッドに倒れた。まるでベッドの上で私が押し倒したようになってしまった。

「あっ！　ごめんなさい」

慌てて、彼の上から降りようとしたら伸びてきた腕にグッと抱きしめられた。

「怪我に障《さわ》るわ」

「大丈夫だ」

「でも」

「……大丈夫だ」

そう言って彼は私の頭をポンポンと叩いた。

いくらなんでもこの体勢は……妙な気分になる。ロバートを見たら彼も赤い顔をしていた。心臓がドキドキしているけれど、それは私と彼のどちらの心臓なのだろう。

「アーデン教授が訪ねて来たの」

「なんで泣いてるんだ。君に笑って欲しくてやったのに」

優しいロバートの声。

「私のせいで怪我までさせてしまって……ごめんなさい」

「君のせいじゃない」

涙が止まらない。ロバートがあまりに優しすぎるせいだ。

「領地の収穫、来季からよくなるって……。ありがとう。本当にありがとう」

「よかった。もう心配いらないね」

彼はベッドに横たわったまま、私を上に乗せて抱きしめる。ずっとこのままでいたい……そう思った。

「ねぇディアンドラ。僕の五箇条を教えてあげようか」

ロバートが天井を見ながら言う。

「？」

「……君を笑わせる。君を甘やかす。君に優しくする。君を泣かせない」

ロバートの手が私の髪を優しく撫でる。

「――そして、君を守り抜く。これが僕の五箇条だ」

涙腺が完全に崩壊する。彼の寝巻きの胸元は私の涙でびしょびしょになってしまった。

「はは。四つ目のやつが一番ハードルが高そうだな」

ロバートはそう言って笑った。

その日、私達はどちらも『タイム』と言わなかった。

第16話　噂の真相

ヴェリーニ領の土壌を改良する方法も見つかり、僕の怪我もほぼ治った。

そして、王都の貴族の間では僕が男性として不能になったという噂が完全に定着した。

人の不幸は蜜の味。これまで嫌味を言ってきた奴らが心なしか優しくなった気がする。

同情されてるんだろうなぁ。人間、自分より可哀想な人には優しくできるものだ。

女性客も変にベタベタしてこなくなったし、都合がいいので噂は否定しないでおく。

この前ディアンドラと食事に行った時、二人でワインを頼んだ。男性を警戒してお酒を飲まなかったディアンドラが！　少しは僕を信頼してくれていると思っていいのだろうか。

酔ってほんのり赤くなったディアンドラがあまりに色っぽくてムラムラしたけど、自分から『タイム』と叫んで己を律した。『タイム』ってブレーキになるんだよな。『タイム』だから我慢しなきゃって自分に言い聞かせて。

だって、ここで僕が狼《おおかみ》になったら、ディアンドラはまた水を飲みながらつまみを食べる日々に逆戻りしてしまう。美味しい食事を美味しいワインで食べることくらい叶えてあげたいじゃないか。彼女の嬉しそうな顔を見られるだけで十分だ。

ところが……僕が日々こんなに「いい子」で頑張っているのに。なんと――――!

『アドニス・バーンホフがディアンドラ・ヴェリーニの家から朝帰り!』

ショッキングなニュースが早朝から王都の貴族の間を駆け巡る。

頭を鈍器で殴られたような衝撃だ。

僕はショックのあまり一瞬息が止まりかけたが、すぐ気を取り直してこれはきっと何かの間違いだとかん……

「アドニスとディアンドラが一夜を過ごしたらしい」

「バーンホフはやはりディアンドラとデキていた」

「目撃者がいるとか」

「夜遅く酔ったバーンホフがディアンドラの家に入っていったそうだ」

……考えようとする端から、追い討ちをかけるように、続け様に聞きたくない話を聞かされ再起不能となった。会う人会う人皆、その話題で持ちきりだ。

青い顔をしてフラフラになった僕を見るに見かねて、番頭が僕に奥で休むよう勧めてくれる。

ショックのあまり頭が働いてくれない。

どういうことだ？　嘘だろう？　以前宝石店で会った時、あの二人の間にそういう空気はなかったのに。バーンホフは明らかにオフィーリア嬢に気があったはずだ。

酔ってうっかり手を出してしまったのか？　あり得るな。大いにあり得る。酔ってディアンドラに手を出さないでいられる男なんて、この世にいるのだろうか。僕だって自信ない。

ちっっっっきしょぉおぉおお！！！！

僕がどれだけ我慢してディアンドラを大切にしていると思ってるんだ。気が狂いそうなくらい抱きたいのを必死で我慢してるのに。

酔ってディアンドラの家を訪ねるのが許せない。自分の家に帰れよ！　それが無理なら娼館にでも行けばいいのに。

彼女はバーンホフを友人だと思って信頼しているのに。酔って豹変した奴に迫られるなんて、どんなにか怖かっただろう。彼女の信頼を裏切ったお前を絶対に許さないぞ。僕の持つすべてをかけて復讐してやる！　……って、僕の持っているものなんて色気くらいしかないけどさ。

いや待てよ、もしディアンドラも合意の上だったら⁉　バーンホフは無駄にスペックが高いからな。正直、家柄と顔では負ける。

もしディアンドラもその気になってしまったのだとしたら。

……………………。

ダメだ。それ、一番つらいわ。

ディアンドラがバーンホフに恋をしてしまったら？　だとしたら僕にはどうすることもできない。

あの笑顔も泣き顔も甘えた仕草も。全部他の男のものになると思うと耐えられない。僕がまだ見たことも触れたこともない肌も…………。

今では仕事だって彼女のために頑張っているのに。もし彼女が他の男のものになってしまったら、僕は何を支えに生きていけばいいのか分からない。……もう商売やめて修道士にでもなろうかな。


「――おいロバート、君はどうする？」

「えっ？」

いきなり名前を呼ばれてハッと我に返る。

貴族の友人達が店に来て立ち話をしていたようだ。

「バーンホフとディアンドラがデキてるかどうかの賭けだよ。どっちに賭ける？」

「みんなデキてるほうに賭けてるけどな」

「結婚となると難しいかもだけど。デキてるのは間違いないだろう」

みんな口々に言いたいことを言う。

「僕は――」

「ええー！　そんなに大金賭けて大丈夫か？　ロバート」

希望。願望。神頼み。

僕はそうであればいいと思うほうに賭ける――――！

…………………………と思ったのも束の間。

その夜に入った新たなニュースは再び僕を奈落の底へ突き落とした。

『アドニス・バーンホフが婚約者に婚約破棄を言い渡された』

…………詰んだ。人生も。お金も。

◆◆◆

アドニス様と女狐が一夜を過ごしたという噂には私も驚いたわ。

前日にアドニス様の婚約者のオフィーリアとお茶を飲んだんだけど、アドニス様の様子がおかしいって悩んでいたの。

ディアンドラ、あの女狐め！　オフィーリアを泣かせた女狐を私は絶対に許さない。

でも今ひとつスッキリしないのよね。

ロバートお兄様が怪我した時、大泣きしながらやってきた女狐の様子はどう見ても演技には見えなかった。

泣きすぎで鼻が真っ赤になってたし。翌日もまた泣きながらやって来るし。めちゃくちゃみっともなかった。女狐、アンタそういうキャラじゃないでしょう？

女狐とアドニス様の噂を聞いたお兄様の動揺ぶりったら！　番頭や店員達もみんな心配していたわ。今日は朝からずーっと一人でウジウジしていて使い物にならないの。

私はウジウジ考えるのは性に合わない。女狐の所に行って白黒はっきりさせてやろうじゃないの。

人当たりのいいロバート兄様と、大人しくて優しいジョン兄様。対して末っ子の私は戦う女。邪魔者はぶっ潰す主義よ。もし女狐がオフィーリアかお兄様どちらかの敵なら容赦はしない。

私は女狐のタウンハウスに赴きドアを叩く。

「まあキャロライン！」

女狐がドアを開けて驚く。

「どうしたの？　入って」

「話があるの――」

女狐といざ全面対決！

一時間後――

紅茶で始まった私と女狐の果たし合い……もとい話し合いはいつしか酒盛りに変わっていた。

ディアンドラの故郷の話から貝類の話題になったのだ。

「オイル漬けにすると長期保存できるのよ」と彼女が言い、手作りの牡蠣《かき》のオイル漬けを味見させてくれた。

「何これワインに合いそう〜！」と私が言ったら、

「今日は女性同士だし……ワイン開けちゃおうかしら」と女狐が嬉しそうに言い……あれよあれよという間に飲み会になってしまったのだった。


「——じゃあ、アンタ本当にアドニス様となんでもないの？」

「あるわけないじゃない！」

女狐は笑い飛ばした。

「酒場で『オフィーリア〜！』って連呼しながら酔い潰れてたから、じいやがうちに連れてきたのよ」

あれ？　これはシロだわ。ふーん。

「じゃあうちのお兄様とはどうなってるのよ」

「ど、ど、どうと言われましても？」

ちょっと！　赤面してモジモジしてるわこの女。分かりやすいわね。こっちはクロか。

「あの〜。女性同士だから、私……楽な部屋着に着替えてきても構わないかしら？」

だいぶでき上がってきた女狐が遠慮がちに言う。

「？　勝手にすれば？」

ゆるっとしたワンピースに着替えて戻ってきたディアンドラを見て私はワインを吹き出しそうになった。

色気が凄《すさ》まじいのだ。着飾った姿より部屋着のほうがセクシーな人って初めて見たわ。

「普段は男性に言い寄られたり誹謗中傷を浴びたりが面倒だから、なるべく身体のラインが出ない服で隠してるんだけど、窮屈で」

「アンタの色気すごいわ。歩く凶器よ」

「ひどい！　そんなこと言わないで。これまで散々な目に遭ってきたんだから」

ディアンドラの身の上話をひとしきり聞く。ふうん。人は見かけによらないものね。苦労してんのね。

「私、女の子のお友達とこんな風にお話しするの初めてよ。本当にありがとう」

ディアンドラは嬉しそうに私の手を握って、やがてシクシク泣き始めた。

酔うと泣くタイプのようだ。ていうか、お酒弱いのね。

しかもさっきからジリジリと距離を縮めてくるのよこの女。やだ、ペッタリくっついてきた。

「キャロラインって、優しいのね」

酔いで染まった頬を私の肩にくっつけ、トロリとした眼差しで見つめてくる。

手元が狂って、ポタリ——胸の谷間にちょっとお酒をこぼしてるわ。

ひいぃぃい！　怖い！　アンタ色っぽすぎて怖い！　同性の私でも妙な気分になるもの。

大体、手元が狂ってお酒をこぼしても私だったら胸じゃなくて膝にかかるわ。アンタの胸、もうほとんどテーブルよ、テーブル！

「…………一言アドバイスさせてもらうけど、アンタ男の人とお酒飲まないほうがいいわよ」

「大丈夫。それは気をつけてるから。お酒飲まない、密室で二人きりにならない、馬車に乗らない、劇場ボックス席は避ける、プレゼントは受け取らない、笑いかけない、身体の接触は避ける、食事は奢ってもらわない。男を見たら敵と思え！　ふふふ」

「…………す、すごい。徹底してるのね」

「……でも、ね。ロバートは例外……なの。ふへへ」

そう言うとディアンドラは頬を染めてふにゃりと笑った。

彼女が兄のことを好きなのは分かった。けど実際のところ、どの程度の関係なのだろう。

「ねぇ、イエスかノーで答えて欲しいんだけど」

探りを入れる。

「兄とは恋人同士なの？」

ディアンドラはふっと真顔になり、悲しそうに眉を落として言った。

「……ノー」

目にじわっと涙が浮かんでる。

「だって私もロバートも跡取りだから」

「でも継がなくてよくなったんでしょ、アンタの家」

「いいえ。私は絶対あの領地を立て直すって決めているの」

そう言ってディアンドラはグラスのワインを一気飲みした。やけ酒だろうか。

数分後、さらに酔いが回ったディアンドラは私に抱きつき、泣きながら
「ロバート……好き」

とうわごとのように繰り返した。

完全に酔っ払っている。な、なんなのかしらこの状況は。

帰るに帰れなくなってしまった私は、仕方なく女狐の頭をよしよしと撫でてやったのだった。


結局そのままディアンドラの家で朝まで飲み明かし、二人とも椅子で寝てしまった。

目が覚めた私は、私に抱きついたまま眠っているディアンドラをひっぺがして、起こさないようにそーっと彼女の家を後にした。

歩いて、近くにあるカルマン百貨店に向かう。

まだ開店前の店内は真っ暗だ。灯りを点《つ》ける……。

「きゃっ！」

灯りを点けたら、虚《うつ》ろな目をして椅子に腰かけている兄がいた。

「ロ、ロバートお兄様……」

「やあ、キャロライン早いんだね」

そう爽やかに言った兄の顔は、目の下にひどいクマができていた。これは寝てないな、と思った。

ディアンドラの気持ちを知ってしまった私はそれを兄に伝えるべきか迷ったが、やめた。

私が首を突っ込むことではない。静観することにする。

だって――。

想い合っていても二人は結婚はできないから。二人の未来を考えると胸が痛んだ。


そしてその日の午後――

丸一日王都を騒がせた『アドニス・バーンホフ朝帰り事件』は無事決着を見ることとなる。

アドニス様とオフィーリアが手と手を取り合って仲良くカルマン百貨店に買い物にやって来たからだ。

こじれていた二人の関係は修復され、晴れて両想いになったらしい。人目も憚《はばか》らずイチャイチャのラブラブだった。

「俺の愛するフィアンセにプレゼントを贈ろうと思ってね」

アドニス様は上機嫌だ。両想いになった記念日のプレゼントだそうで、気前よく買い物をしていった。さすがは侯爵家。毎度あり～。

そんな二人を見た兄は涙を流して喜んだ。

「バーンホフ卿《きょう》、オフィーリア嬢、ご婚約本当に本当に本当におめでとう！　どうぞ末長くお幸せに！」

みるみる元気になった兄は、花束を引っ摑むと、どこかへ走っていった。

行き先は……まあ見当ついてるけどね。

第17話　キス

「そんなわけで、僕は賭けで大儲《おおもう》けしたんだ」

ロバートがドヤ顔で自慢する。

私は今日も用もないのにカルマン百貨店に来ている。私とアドニスが噂になっていたことには驚いた。まさかそれが賭けの対象になっていたとは。しかも、大半の人が『二人はデキている』ほうに賭けていたというから心外だ。

火遊びをしている貴族なんて他にたくさんいるのに。なぜ私ばかりがある事ない事言われるのか。本当に理不尽だ。

「でもロバートは私を信じてくれたのね。嬉しいわ」

「う…いや、まあ…そうだな」

なぜか歯切れが悪いロバート。でも彼は「デキていない」ほうに大金をかけてくれたのだ。嬉しかった。

あれ以来、キャロラインが優しい。口調はキツいが、会うと話しかけてくれるようになった。

そのうちオフィーリアに友人として紹介してくれるそうだ。「三人で女子会をしましょう」とも。私が女の子グループに入れてもらえるなんて！　感激のあまり泣いたら、キャロラインに「馬鹿！」と叱《しか》られた。

泣いてる私を心配してロバートがすっ飛んで来る。キャロラインに意地悪でもされたと思ったらしい。そしてこそっと「大丈夫？　どこかで『タイム』にする？」と耳打ちしてくれた。

はぁ～。なんて優しいのだろう。

「今は……いい」

『今』の部分をあえて強調して遠慮すると、察しのいい彼は目を細めて笑う。

「ふふ。了解。じゃあ後でね」

そして私の頭にポンと手を乗せた。


今夜は舞踏会があって、ロバートと会場で会う約束をしている。残念ながら正式なエスコートではない。なぜなら、私はまだ婚活中だからだ。

肥料のお金を工面する必要がなくなって、収穫量アップへの希望も見えてきたら……なんだかすっかり気が抜けてしまった。特に婚活。もうまったくやる気が起きない。

もちろん、いつかはとは思っている。ヴェリーニ領を捨てるつもりなんか毛頭ない。あの場所でお母様の想いを次の代に引き継いでいく決意は変わらないのだけど。

でも今は少しでもロバートと一緒にいたいのだ。出会いを求めに行くはずの舞踏会も、ロバートと踊ることばかり考えてしまう。今の私は婚約者もいないことだし。ロバートと踊ることは別にいけないことではないわよね？

彼と踊ることを想像すると胸が高鳴る。夜になるのが待ち遠しい。こんな気持ち初めてだ。

いつもの赤いドレス。貧乏な私はこれしか持っていないから。でも私なりに精いっぱいおめかししてみた。

お風呂で念入りに肌を磨き、デコルテや腕にクリームを丹念に塗り込む。ロバートから『借りた』あのルビーのイヤリングがよく見えるよう、髪をハーフアップにして、毛先を巻いてみる。最高に綺麗な私で彼の瞳に映りたいのだ。踊っている間だけでもいいから、私だけを見てほしい。

◇◇◇

シャンデリアで眩しいくらいに照らされた豪華なホール。

飲み物を片手に談笑する、表面だけは美しく着飾った人々。

これまでは苦手だった舞踏会の会場に、今夜はワクワクしながら足を踏み入れる。

(ロバート、どこかしら)

令嬢達の中で一際高級そうなドレスを着た人がいるなと思ったらキャロラインだ。

目が合うと、にっこり笑って手を振ってくれた。

ロバートの姿を探しキョロキョロしていたら――

「ロバート・カルマンの奴、女遊びが激しすぎて不能になるとか、ホント笑えるよな」

「ああ、自業自得だ。いい気味じゃないか」

(な……なんですって⁉)

不意に私の耳に飛び込んできたロバートの名前。淑女が聞いてはいけない話題のようだが、気になって仕方がない。

我慢できずに尋ねてしまった。

「ねぇ……ロバートがどうかしたの?」

男達の視線が私に集中する。

「ヒュー!　ディアンドラ・ヴェリーニじゃないか」

「ディアンドラのほうから話しかけてくるとは光栄だな」

「うわぁ、やばい。目のやり場に困る。最高だな」

「で、ロバートがどうしたんですって?」

「ふうん?　気になるんだ?」

「教えてもいいけどさぁ。ちょっとプライベートな内容だからなぁ」

男達のうちの一人が手を差し出す。

「ここじゃなんだから、一曲踊りながらどう?」

踊りたくない。粘着《ねばっ》くような下卑た笑顔が不快だ。躊躇していたら、

「ロバート・カルマンも気の毒にな。もう結婚できないんじゃないか」

「……！」

どういうことだろう。何があったの？

どうしても詳しく聞きたくなった私は、ダンスの申し出を受けようと決め、その男の手を取ろうと……

「――ディアンドラに触るな！」

「ロバート!?」

突然ロバートが現れ、男の手首を捻り上げた。

走ってきたのか、苦しそうに肩で息をしている。

「は？　何？　ダンスに誘っただけなんだけど」

男がチラリと私の胸元を見た途端、ロバートが私の前に立ちはだかり、視線を遮る。

舌打ちをして男は仲間達と去っていった。

「行こうディアンドラ」

ロバートは怒りを滲ませ、私の手首を掴み歩き出した。

「ちょっと……ロバート、どうしたの？」

ロバートとダンスがしたかった私は、会場を出るのを渋る。でもロバートはまったく手を緩めてくれない。

途中、キャロラインとすれ違う。

「キャロライン、それ貸せ」

そう言うとロバートは強引にキャロラインのショールを奪いとった。

「きゃっ！　お、お兄様⁉」

キャロラインは目を見開く。

「……と女狐」

人のいないバルコニーに出ると、彼は素早くショールを私の胸元に巻いた。

「何をするの」

「胸元が開いたドレスは着ないほうがいいんじゃないか？」

ひどい。せっかくあなたのために綺麗にしてきたのに。

「あいつらいやらしい目でジロジロ見てたじゃないか！」

「あなただって最初に会った時はそうだったじゃないの」

「…………」

顔を顰めるロバート。

ロバートの説教は続く。

「領地の運営ができる男を探すのに、なぜ着飾った姿を見せる必要がある。昼間に面接でもしたらいいじゃないか」

「無茶言わないで。百貨店の従業員の採用じゃあるまいし」

二人きりの『タイム』の時はあんなに優しいのに。なぜ今日はこんなに怒っているのかしら。

やっぱりさっきの人達が言っていたように、身体的な悩みを抱えているの？

「婚約者を探すのにダンスなんかしなくていい！　笑顔も見せなくていい！　もういっそのこと会わずに書類だけ交わして結婚したらいいんじゃないか」

「ロバートったら。そんなこと無理に決まってるわ。結婚したら後継ぎだって必要になるのだし……」

不意に強く抱きしめられる。

「聞きたくない！」

「ロ、ロバート!?」

「…………無理だ。もう僕……無理だよ」

私の髪に顔を埋めて呻《うめ》くように呟くロバート。

「頭では分かっているんだけど……」

ぎゅうぎゅうに抱きしめられて、少し苦しい。どうしたのだろう。こんなに余裕のない姿は初めて見る。

「なんであんな奴と踊ろうとしたんだ」

「……だって……」

「アイツはすでに婚約者がいるぞ。婚活のためなら時間の無駄だ」

「い、言いにくいんだけど……あなたが不能になったって聞いて、それで気になって」

「んぐっ……!!」

ロバートは思い切りむせ、腕を緩めた。

「そのことを悩んでいるの？　ロバート」

「い、いや……そのことは……別に……」

「よく分からないけど、男の人にとっては重要なことなのよね？」

「大丈夫だ。僕は不能ではない……って、なんでこんな話をしなきゃならないんだよ、もう～」

ロバートはガックリと肩を落とす。

「あら、ではなぜあんな噂が？」

「なんていうかさ、これまで広くまんべんなく振りまいていた色気？　が一点に集まっちゃって？　その辺の女の子に行き渡らなくなっただけらしい……はあぁ……最低だな僕」

「？　その色気はどこに行っちゃったの？」

「…………」

ロバートの熱っぽい目が私の瞳を覗き込んだと思ったら、視線がゆっくりと下に移動し……

「…………ここ」


掠れた声の囁きと同時に唇に温かいものが触れる。

気がつくとロバートにキスされていた。


（……………！）


身体に電流が走った。

骨の髄まで痺《しび》れるような甘い感覚に、たまらず瞳を閉じる。

以前、婚約破棄した時の事故のようなキスとは何という違いだろう。

結婚前の貴族の令嬢が、婚約者以外の男性とキスするなんて、あってはならないことだ。

これまで、そういうことをする王都の貴族達を軽蔑していたのに。

この瞬間、すべてが吹き飛んでしまった。


ロバートがハッとしたように身体を離す。

「ごめんディアンドラ……婚約者でもないのに、とんでもないことを」

彼の唇が離れるのが寂しくて、胸がキュッと締め付けられる。謝らないでほしい。

「べ、別に君の婚活を邪魔するつもりじゃなかったんだ……。ただ、君があまりに綺麗で……

他の男が近づくのがどうしても我慢できなくて」

胸の中にじわじわ喜びが広がる。

「いいのよ。どうせ私の評判はふしだらな毒婦だそうだから、何をしてもこれ以上落ちようがないわ」

ロバートが切ない顔で私を見つめる。

「そんな悲しいこと言うな。君がそんな風に言われるなんて、世の中間違ってる」

そして私には聞こえないくらい小さな声で呟いた。

「そんな世界……僕が変えてやる」

第18話　新しい扉

「ロバート、聞いてるのか！」

ディアンドラとのキスを思い出してぼんやりしていた僕は、親父の声でハッと我に返った。

魅力的なディアンドラと念願叶ってのキス。以前の僕なら王都中の貴族達に自慢して回っただろう。

でも今僕の胸を占める感情は喜びではなく切なさだった。キスしてこんなにつらくなるなんて、初めての体験だ。だって。いずれ彼女は別の男と結婚するのだから。

悲しくて胸が潰れそうだ。ディアンドラが他の男とダンスを踊ろうとしただけで、自分を見失って暴走した。これが結婚となったら……僕はどうなってしまうのだろう。

「あ、ああ。聞いてるよ。うちの積荷《つみに》がまた盗賊に襲われたんだろ」

王都から北東に伸びるノルデステ街道はこの国の貿易の大動脈だ。ラゴシュ領を通って隣国との国境まで続くこの街道は、隣国から王都へとあらゆる商品や物資を運んでいる。

ところが近年、盗賊による被害が増加していた。生活が苦しく、食べていくのに困った農民が田畑を捨て盗賊となるからだ。政府も何度が軍を派遣して盗賊の討伐に乗り出したが、効果がなかった。

カルマン商会の積荷も幾度となく被害に遭っている。非常に痛い損失だ。腕の立つ護衛を雇って荷馬車に同行させてみたりもしたが、盗賊の集団に襲われると数で敵わない。


「その後の話だ」

やはり聞いていなかったのかと言わんばかりの表情で父が言った。

「ごめん親父。聞いてなかった」

「うちの馬車がラゴシュ卿の領地を通過する際、道路沿いに兵士を配備してくれるそうだ」

ほうほう。それは素晴らしいお話で……？

「条件はお前とラゴシュ家の令嬢との婚姻だ」

……まさかのタイミングで僕に見合い話が降って沸いた。

この国カロニア北東、国境に接する一帯がラゴシュ領である。カルマン商会の荷馬車はここを通って隣国から王都に品物を運ぶ。

領主のラゴシュ家は軍人の家柄である。もともと貴族ではないが、武功をあげ、褒美《ほうび》として土地を与えられて領主になった。

（……で、その領主の十七歳になる妹が僕の見合い相手か）

ラゴシュ領は盗賊多発地域だ。これと言った産業がなく、人口密度は低め。そして高級品を積んだ荷馬車が頻繁に通る。盗賊にとって都合のいい条件が揃っているのである。

兵士はたくさんいるけど金がないラゴシュ家と、金だけはあるカルマン商会。いい組み合わせかもしれない。兵士にうちの荷馬車を守ってもらう。確かに、そうすればカルマン商会の積荷は守られる。でも――。

カルマン商会以外の荷馬車はどうなる？　そもそもなぜ盗賊がそんなに多いのか、その理由に目を向けるべきじゃないか？　食うに困って盗賊になる人が大勢いるのだとしたら？

「親父……あ、あのさ」

少し前から温めていた考えを恐る恐る打ち明ける。本当はもっと煮詰めてから提案するつもりだった。まだまだ不完全なプランだ。

「何寝ぼけたこと言ってるんだ。そんなのは一介の貿易商だけでできることではない」

話を聞き終わった親父は呆れたように言った。

「そうだけど……そこをなんとかして……例えば国家事業にするとか」

「資材の調達は！　労働力の確保は！　納期は！　事業が軌道に乗るまでの領民の生活は！」

突っ込まれたけど、答えられない。専門外のことばかりだからだ。

「偉そうなこと言って、若造が調子に乗るんじゃねぇ！」

「…………」

ああ本当に。僕は無力な若造だよ。あるのはなんとかしたい、その気持ちだけ。

だから――。

「お願いします。どうか力を貸して下さい」

祈るような気持ちで親父に頭を下げた。こんなに丁寧な言葉を使うのも初めてかもしれない。

「な……！　お前どうしたんだ」

親父もギョッとしたように目を見張る。

「お前のことだ、どうせデッカいことをやって、貴族達の間で格好つけたいだけだろう」

「違うよ……ディアンドラを救いたいんだ」

「はん。女のためか。色ボケもたいがいにしろ」

「まあ、きっかけは確かにそうだけど、それだけじゃないんだ！」

握る拳に汗が滲む。

「ディアンドラを幸せにするためには、彼女の周りの人が不幸では無理だと気付いたんだ」

僕はごくりと唾を呑み込み、まっすぐに親父の目を見据える。

「みんなが幸せになれる方法を一生懸命考えた。みんなで一緒に豊かになって共に繁栄して……僕はそんな国を造りたい。夢物語だと笑われるかもしれないけど、僕はそのために働いているんだと思ってる」

きっかけはネバンドリアの客に毛皮の小物を売ったあの出来事だった。

自分はなんのために商売をしているのか。どんな商売がしたいのか。初めて考えた。

すると、徐々に色々なことが見えてきたのだ。

カルマン商会の理念が。自分達が目指している社会が。みんなが幸せになれる理想の世界が。

すると、不思議なもので、貴族達の蔑みや嫌がらせが気にならなくなった。

くだらない奴には言わせておけばいいんだ。そんな貴族達にコンプレックスを持っていた自分がたまらなく恥ずかしい。

自分達の手でよりよい世界を作る。その使命を胸に日々全力投球している。カルマン商会はそういう企業だ。最高にかっこよくないか？　今、自分はこの仕事に誇りを持っていると胸を張って言える。すべてディアンドラのおかげだ。


親父はじっと鋭い目つきで僕を睨みつけていた。

「ふん。夢物語だな」

……そして肉食動物のように目を光らせ、ニヤリと口角を上げる。

「でも実現できればすごいことになる」

生まれは貴族のはずなのに、親父はとことん商人体質だ。常に新しいビジネスを開拓することに生きがいを感じるタイプ。カルマン家には貴族にありがちな古臭い因習も固定観念もない。

「お前、これいつから考えてた？」

「怪我をするちょっと前くらいかな」

「……そうか。それだけの短い期間にしてはよく考えたな。ふふ。ちょっとは分かってきたか」

「実現できるかな」

「分からん。実現できなかったら、お前ラゴシュのお嬢さんと結婚しろ」

「やだよ」

親父がクックッと笑う。

「お前が幸せにしたいお嬢さんとはもう結婚の話は出てるのか？」

「…………」

「どうした、暗い顔して」

「…………彼女は一人っ子だから領地を継ぐんだ」

「ほう？」

「僕も…………長男だから……お互い別々の道を歩むことになるけど、いいんだ、彼女を窮地から救えさえすれば」

言いながら、不覚にも泣きそうになって声が震えてしまった。

「んっ？」

親父は何か言いたげに目を泳がせていたが、やがて頭を掻《か》きながら部屋を出ていく。

何はともあれ、こうしてこの国を変える新たなビッグビジネスへの扉が開かれたのである。

◆◆◆

「あなた飲みすぎですよ」

カルマン夫人が、自宅の居間で夫から酒瓶を取り上げる。

「まあ、固いこと言うなよ。ロバートの奴が少し大人になって、嬉しくってさ」

人相の悪い一家の大黒柱はいつになくご機嫌である。

楽しいお酒なら、少しくらい大目にみるべきかと夫人は諦めた。

「しっかしなぁ、うちの子供達、思っていたより貴族の因習に染まりきってやがるな」

「何かあったんですの？」

「ロバートの奴、長男だから自分がこの商会を継ぐものだと思ってるんだ」

コップをダンっとテーブルに置いて、カルマン会頭はゲラゲラ笑った。

「俺がいつそんなこと言った！　勝手に悲劇の主人公になりやがって、バッカだなぁアイツ」

カルマン会頭は、三人の子供のうち最も商才のある子に事業を継がせようと考えていた。

生まれた順も性別も関係ない。関係あるのは実力だけ。さらには、自分の目が黒いうちは今の地位を退く気など毛頭なかった。仕事は生きがいだ。死ぬまで現役主義である。

「さて。三人のうち誰が一番先に俺の位置まで登って来るかなぁ～。まずはロバートが、一歩リードか」

子供達の成長を肴《さかな》に、強めの蒸留酒を小さいグラスでクイっとあおった。

第19話　選択肢

「大変です！　ラゴシュ領でまた積荷が奪われました。負傷者が出ています！」

カルマン百貨店の帽子売り場で新商品を私に試着させていたロバートは手を止めて振り返った。

「またか！」

和やかだった店内の雰囲気は、従業員によってもたらされた知らせによって一変する。

「ディアンドラ、ごめん！」

非常事態発生である。私は軽く頷くと、フリルのついた帽子をショーケースに戻した。

「僕はこれから親父と対応にあたる。百貨店は通常通り営業してくれ。詳細は後で番頭に報告を入れる」

そう従業員に指示を出すとロバートは大急ぎでカルマン商会本部に向かった。

「最近盗賊被害が頻発しているな。なんとかならないのか」

「ノルデステ街道の物流がストップしてしまったらこの百貨店はどうなるんだ？」

従業員達の不安そうな声が聞こえてくる。

「心配ない、ロバート様とラゴシュ家の令嬢の婚姻が成立すれば、うちの積荷は守られるんだ」

……………………え!?

心臓がドキリと音を立てる。

ロバートとラゴシュ家の令嬢との婚姻。私の耳ははっきりとその言葉を聞き取った。

キャロラインを振り返ると、言いづらそうに説明してくれる。

「ラゴシュ家には十七歳になる令嬢がいるの――」

王都で騎士団に所属している令嬢だそうだ。少し前にロバートとその令嬢との縁談が持ち上がったらしい。成立すればカルマン商会の積荷がラゴシュ領を通過する際の安全を保証してくれるという。双方にとって利のある良縁だった。

分かっていたことだ。私もロバートもいずれ別の誰かと結婚するということは。

分かっているのだけど…………。

『ディアンドラ……おいで』

あの優しい声がたまらなく好きだ。私を優しく甘やかしてくれるあの腕に、別の誰かがおさまっている様子を想像すると、心が潰れそうになる。

言いようのない不安と心細さ。また私は一人ぼっちになってしまうのか。ロバートの腕の中は私が私でいられるたった一つの場所なのに。

◇◇◇

重く沈んだ気持ちのまま家に帰り着くと、見覚えのある馬車が停まっていた。

実家の馬車だ。父が来たのだろう。ロバートの縁談を知り、精神的に参っていた私は、早く父の顔が見たくて家の中に駆け込んだ。

しかし私を迎えてくれたのは、ムール貝のお土産を持って微笑む父ではなく、青ざめて項垂《うなだ》れている父の姿だった——。

「もうおしまいだ……」

「……お父様？」

ただならぬ父の様子に嫌な予感がした。

「うちの領地はもうおしまいだ」

両手で顔を覆って振り絞るような声で父が言った。

「畑の作物が……全滅した」

「……な……？」

何を言っているのか分からなかった。畑の作物が全滅？　ここ最近大きな自然災害はなかったはず。どういうことだろう。

「す、すまないディアンドラ。すべて私のせいだ……」

肩を震わせてポツリポツリと語り出した父の話をまとめるとこうだ。

きゅうりは大麦の五倍の収入になると聞き、大枚をはたいて行商人に苗を注文した。ところが植えたきゅうりはすべて、見るも無惨《むざん》に枯れてしまった。

「そんな………」

大麦をすべてきゅうりになんて。いつの間にそんな話になっていたのだろう。きゅうりの苗を販売している途中に通りかかった行商人？　そもそも王都より北できゅうりを栽培している領地なんてあっただろうか？

確かにきゅうりのサンドイッチは王都で流行っている。単価も高いのは間違いないけど……。

「それにしてもなぜすべて枯れてしまったのかしら」

すべて枯れるなんてよほどのことだ。

ふと、王立科学アカデミーのアーデン教授を思い出す。私は父を伴って教授を訪ねることにする。


アポなしだったが、教授は嫌な顔ひとつせず研究室に招き入れてくれた。

きゅうりの苗のことを話したら、教授は呆れ顔で叫んだ。

「なんて馬鹿なことを！　アンタのところの土地ではきゅうりは育たんよ」

きゅうりが枯れた原因は海水の塩分で間違いないだろうとのことだった。

「塩害に弱い植物なんじゃよ、きゅうりは」

そして、一刻も早く枯れたきゅうりを取り除き、貝殻の粉を撒き、冬の間はクローバーを植えて家畜を放牧しておけば、来春にはいい土ができるだろうとアドバイスしてくれた。

「お父様、頑張ってお金を貸してくれる人を探しましょう。土壌問題も解決への糸口が見えたことですし、今後収穫量が増えれば、借金も少しずつ返せるかと」

何か方法はあるはずだ。諦めずに頑張ろうと、父に声をかける。しかし父は悲しそうに首を横に振った。

「今後少しずつではダメなんだよ。きゅうりに全額つぎ込んでしまった。この冬を越せない」

これから秋、そして冬に向かうので、今から大麦を植えたとしても収穫できるのは最短で来年の初夏になる。その間、全領民の生活を男爵家の私有財産で賄うことは無理……。分かってはいるのだけど。

「爵位を返上して、領地を国に返還しようと思う」

「…………！　お父様！」

国に領地を返還すれば、王領となり、領民の生活はある程度国が保証してくれるのだ。

そして私達は爵位を返上して平民となる。

領主として、代々領民と手を携えて守ってきた故郷の領地。手放したくない。領地は私の身体の一部も同然だ。

「お父様、諦めないで！」

「――無理だよ、ディアンドラ」

家財道具など個人の資産の中で少しでもお金に変えられるものがないか、銀行や質店に相談しに行ってくる、と言うと父は街へ出ていった。

どうしよう……。

せっかく来季から収穫量が増やせる目処《めど》が付いたばかりだったのに。こんな形で領地運営から手を引くなんてあり得ない。これまでの苦労は一体……。


私は一人家の中で途方に暮れていた。すると、玄関の扉を誰かがノックする音が。

「ロバート!?」

もしかしたらロバートが来てくれたんじゃないかしら。だって、いつでも私が困っていると魔法使いのように現れるもの。

期待してドアを開けるとそこには、

「……カルマンじゃなくて残念だったな」

ひねくれた笑みを浮かべるナイジェル・レヴィが立っていた。

なんの用だろう。正直、今ナイジェルの相手をする気分ではないのに。

何しに来たのかと尋ねてものらりくらりとはぐらかす。

「コホン。ど、どうした？　元気がないようだが」

不自然な様子でこちらの事情を尋ねてくる。一体何しに来たの？

「あなたに関係ないでしょ。今うちの領地が大変で、あなたに構っている余裕がないから、帰っていただけないかしら」

「領地がどうかしたのか？　話してみろよ。力になれるかもしれないぜ」

鬱陶しい。放っておいてほしい。

「個人でどうこうできるレベルじゃないのよ。畑の作物が全滅して、破産状態なんだから」

「それは気の毒に」

心配するようなことを言う割に嬉しそうなのはなぜだろう。

「でも俺なら助けてやれるぜ」

ナイジェルは勧められてもいないのに、我が家のラウンジの椅子にどっかりと腰を下ろして脚を組んだ。

「そうツンケンするなよ。俺しか助けてやれる奴はいないと思うよ？」

そしてニヤリと笑った。

「…………？」

「なんだよ、お茶も出ないのか？」

もったいつけてなかなか本題に入らない。

ばあや達が出かけているし、断って逆上されても困るので、仕方なく私が紅茶を淹《い》れた。

「ヘェ〜。君が手ずから淹れてくれたお茶か。いいね」

ナイジェルは嬉しそうにゆっくり紅茶を味わってから、ようやく本題に入った。

「災害による農産物の被害には支援制度があるのは知ってるか？」

この国には悪天候や台風などで作物が収穫できなかった場合に、国が農民を救済する制度が存在する。ワンシーズン分の収入を国庫から補塡《ほてん》してくれるのだ。

「でもうちは自然災害ではなくて父のミスだもの。対象外だわ」

そう。自然災害には適用されるが、人災には当然適用されないのだ。

「塩害も特殊な気候による災害と言えなくもないだろ。審査に通れば補償を受けられる」

「そんな無茶な理屈で審査に通るわけないじゃない！　時間だってかかりそう」

「通る。時間もかからない」

「なぜそんなこと言い切れるのよ！」

「制度は財務省の管轄。そして……災害補償の一切を俺が担当しているからだ」

ナイジェルは長官である父親と同じ財務省に勤務している。災害補償の決裁を行う権限をナイジェルが握っているとは知らなかった！　つまりナイジェルの一存で補償が受けられるかどうかが決まるのだ。

「……………あなたのことだから何か交換条件があるのでしょう？」

聞かなくても察しはついている。

「…………」

ナイジェルが少し寂しそうな顔をしたのは気のせいだろうか。

「そうだな。…………俺のものになれよ、ディアンドラ」

やっぱり。

「弱みにつけ込んで……。身体を差し出せってこと⁉」

卑怯者《ひきょうもの》め。こんな人大嫌いだけど。でも今の私に他の選択肢はない。悔しい。

こんな奴の前で泣きたくないけど、堪えきれずに涙がポロリと溢《こぼ》れた。

「え……！　ち、違う、いや違わないんだけど」

私の涙を見てナイジェルはなぜか狼狽《うろた》えた。そしてしばらく考え込んで、ゆっくりと口を開いた。

「こんなタイミングで言うつもりはなかったんだけど……」

ナイジェルが私の顔色を窺うような視線をよこした。

「そ、その……もしお前さえよければ……お、お、俺とけ、結婚しないか」

「えっ？」

今聞いた言葉の意味を、一瞬理解できなかった。

「お前自身はヴェリーニ領を継げなくなるが、少なくともお父上は爵位を保つことができる。

その後、親戚の男児にでも家督を譲れば家が途絶えるのは避けられるだろ」

ナイジェルが私と結婚⁉　正直驚いた。結婚しなくても私を愛人にできるのに、あえて結婚する理由が分からない。侯爵家にとって、メリットがなさすぎる結婚だ。

驚きすぎてポカンとしていたら、私が難色を示していると勘違いしたらしいナイジェルがしきりに説得してきた。

「いずれ、お父上を呼び寄せて一緒に暮らしてもいいし。な？　悪くない条件だとは思わないか」

むしろ条件がよすぎて、何か企んでいるんじゃないかと疑りたくなる。

「考えてみてくれないか。どうせお前はカルマンとは結婚できないぜ。あいつの家はラゴシュ家の協力なしに商売はできない」

ロバートの名前が出た瞬間、胸がちくりと痛んだ。

「わ、分かってるわ。別にロバートとは恋人ではないもの」

自分に言い聞かせるつもりで言う。

「ほ、本当か⁉」

ナイジェルが目を見開き、頬を上気させる。

「急に返事は無理だろ。数日後にまた来るから考えておいてくれ」

そう言い残すと、なぜか嬉しそうに帰っていった。何を考えているんだろう。

迷うことはないはずだ。爵位と領地を返上するか、ナイジェルと結婚して災害補償を受けるか。領民を救うためにはこの二つの選択肢しかないのだ。そして、爵位と領地を返上したら父は平民になってしまう。

どうせ適当に婿を取るつもりだったのだから。レヴィ家のような名門に嫁げるなんて、ありがたい話ではないか。

なのに――どうしてすぐに返事ができなかったのだろう。

第20話　最後のタイム

カルマン商会のみならず、この国の、そして僕とディアンドラの未来を変えるビッグプロジェクトが現実のものとなりつつある。

なんだか自分でも信じられない。

関係省庁への根回しに頭を悩ませていたら、思わぬところで強力な助っ人を得ることができたのである。他でもないアドニス・バーンホフだ。

「ああ、ディアンドラのところの土地だろ。俺も農業には向かないと思っていたんだ」

そう言うと奴はつらつらっと、このプロジェクトで得られる経済効果を試算してくれた。え、頭の中どうなってるの。天才じゃないか。

で、バーンホフから彼の父親を経由して、そこから国王陛下にあっさり話が通った。数日後に国会で審議される予定だ。恐らく問題なく認可が下りるだろうとのこと。国王陛下は乗り気だそうだから。

これまで雲の上の人すぎてまったく接点のなかった国王陛下が、実は非常に進歩的な考えを持った方だと知って嬉しい。

バーンホフの父親の外務長官にしてもそうだ。決して商人を見下したりせず熱心に話を聞いてくれた。行政と経済……それぞれの分野で共に国を支える同志として接してくれて、胸が熱くなった。

貴族にも色々いるんだな。これまでの自分の視野の狭さが恥ずかしくなる。


ある日、僕がいつも通りカルマン百貨店で接客していると、一人の買い物客が来店した。

ナイジェル・レヴィだ。うちの花売り場で大きな薔薇の花束を購入していた。

目が合うと不愉快そうに睨みつけられた。なんで睨むんだ？　僕に一体なんの恨みが？

ナイジェルは百貨店のドレス売り場に展示してあるウェディングドレスの前で足を止める。

しばらく無言で純白のドレスを見つめていた彼は、懐のポケットから大事そうにビロードの小箱を取り出しゆっくりと開いた。頬を赤くして嬉しそうに、小箱の中の指輪とドレスを合わせて眺めている。

遠目にもわかる指輪の石の大きさに僕はぎょっとした。あんな立派なダイヤみたことないよ。どこで買ったんだ？

女だな。これ絶対女ができただろう。しかもナイジェルの奴、相当惚れてるな。あいつのあんな柔らかい表情初めて見た。いつも陰気な奴だと思ってたから。へー。よかったな。おめでとう。

ナイジェルに気がついた番頭が、足早に近づく。

「レヴィ様、先日はどうもありがとうございました」

案の定、番頭の視線も指輪に釘付けになる。それを見てナイジェルは誇らしげに軽く微笑んだ。

ナイジェルが去ってから僕は番頭に尋ねる。

「先日はありがとうってなんのことだ？」

「先日レヴィ様が当店で大量の苗を注文して下さったんです」

「苗？」

「きゅうりの苗です」

帳簿を確認したら本当に大量で驚いた。農業でも始めるつもりなのか？　あいつの家、財務長官だよな？

「ロバート」

そこにディアンドラがやってきた。心なしか、顔色が悪い……？

「タイムかい？」

そう尋ねると、はにかみながらこくりと頷いた。可愛い。

店の裏手の人気のない路地に移動する。ディアンドラはぎゅうとしがみついて僕の胸に顔を埋めた。

「どうしたの？　何かあったのかい」

ディアンドラは首を振るだけで答えなかった。可愛いな。あんなに大人っぽい外見なのに、こんなに甘えん坊とか。僕だけしか知らない彼女の一面。

うーん。可愛いぃぃぃ！　よしよし。いい子。いい子。僕は彼女の髪を優しく撫でる。

「もうじき君にすごいプレゼントがあるんだ。楽しみに待ってて」

その時を考えただけで僕自身が楽しみでならない。君絶対泣くよ。驚かせたいから、内容はまだ秘密。

いつまでも抱きしめていたいところだが、一応勤務中だ。

「ディアンドラ、もうそろそろ店に戻らないと」

そう言って彼女から身体を離そうとした。

いつもならそこでにっこり笑って「またね」となるのだが、この日は違った。ディアンドラは再び僕にしがみついてきた。

「もう少し……もう少しだけ。お願い」

珍しいな。どうしたのだろう。甘えられるのは嬉しいけど、何かが変だ。

彼女はしばらく強い力で僕のシャツを握っていた。やがて彼女は身体を離し、大きく深呼吸すると背筋を伸ばして顎を引いた。

「ありがとうロバート」

そう言って僕を振り向いた彼女の表情を見て、息を呑んだ。

冷たい仮面のような……感情を押し殺した顔。初めて会った時の人を寄せ付けないようなあの顔。

彼女は振り向くことなく、帰っていった。その後ろ姿がなぜか気になった。何かが引っかかる。どうしたディアンドラ？　何があった？　仕事が終わったら彼女の家に寄ってみようか。

そんなことを考えながら百貨店に戻ると——

何やらチョコレートを販売しているエリアが騒がしい。何かトラブルだろうか。

「お客様、申し訳ありませんが試食はプレーンタイプのみとなっております」

「そう固いこと言うな。この美味しそうなやつを一粒ずつ全種類試すくらいよかろう？」

食い意地の張った客が試食をさせろとゴネているらしい。

やれやれ。僕は営業用のスマイルでやんわりその客に試食をお断りさせていただいた。

「お客様、そちらのタイプは試食はできませんが、お好みを伺ってお薦めを見繕うお手伝いをさせていただけますでし……」

「おお！　ロバート！　お前を待っておったんじゃ」

チョコをもぐもぐ頬張っていたのはアーデン教授だった。

結局、アーデン教授は従業員控室でコーヒーまで淹れてもらい、チョコレートをガツガツ食べた。

「なんか用ですか。もう手伝いはしませんよ。死にかけたんだから」

あの崖からの転落事故はトラウマになっている。

「分かっておるわい。実は少々気になることがあっての」

「？」

もぐもぐもぐ。ごくごくごく。

髭《ひげ》にチョコレートついてるぞジジイ。くだらない話だったらチョコレートの代金請求してやろう。

「先日、ディアンドラ嬢がお父上とワシの研究室に訪ねて来たんじゃ」

「えっ！」

「相変わらずいい女じゃった。あの腰つきがたまらんわい。ワシが五十歳若かったら……」

「ジジイ！　早く本題に入れ！」

アーデン教授からもたらされた情報は僕を驚かせるのに十分なものだった。ヴェリーニ領が今季すべての作物をきゅうりに変え、それが枯れてしまい、破産状態になっているだと――？

ディアンドラの様子がおかしかったのはそのせいか。今晩家に寄って安心させてあげなくては。

でもなんできゅうりに変えた？　しかも全部。試しに少しだけ植えればよかったのに。

「それで、ずっと忘れておったんじゃが、ふと思い出したんじゃ」

アーデン教授が珍しく真顔になった。

「だいぶ前に財務長官の息子がやってきての。こう聞いてきたんじゃ。『潮風や塩分に弱い植物にはどのようなものがあるか』とな」

……………は？

僕は急いで番頭を呼んだ。

「おい、さっきのきゅうりの苗だけど、配達はうちが請け負ったのか？　どこに配達した？」

「今、帳簿を確認して参ります」

番頭は急いで帳簿を探しに行き、間もなく戻ってきた。

「きゅうりの苗、すべてヴェリーニ領に配達しました」

先ほど、花束を買っていたナイジェルを思い出す。胸騒ぎがする。

「ちょっとディアンドラの家に行って来る！」

僕は店員にそう伝えると急いで店の外に出た。

店の脇の路地のところに、薔薇の花束がぐちゃぐちゃになって落ちていた――。

◇◇◇

ナイジェルと結婚しよう――。

私はそう決意した。

好きになれる気はしないけど、貴族の結婚なんてそんなものだ。それで領民が救えるなら十分だ。そうと決まれば、一刻も早く災害救済措置の申請書を出さなければ。

私は父に、国の補償が受けられるから領地に戻って被害状況をまとめるよう伝えた。交換条件としてナイジェルに求婚されたことはまだ言わないでおく。父はホッとした様子で、みるみる元気を取り戻した。そしてばあやとじいやを連れて領地に一旦戻った。


ロバートに会いたい…………。タウンハウスに一人になった私はふとそう思った。

ナイジェルと婚約した後は、他の男性と親しくすることはできなくなる。最後にもう一度『タイム』をしてもらおうと、私はカルマン百貨店を訪れた。

ロバートはいつも通り優しかった。店の裏口から人のいない路地に出て、抱きしめてもらう。最後だと思うとどうしても涙が出てしまって、見られないように彼の胸に顔を埋めた。

私はもうじきナイジェルのものになる。そしてロバートの優しい腕も手も、もうじき他の誰かのものになる。このまま時が止まってしまえばいいのに。

「もう少し……もう少しだけ。お願い」

ロバートは仕事に戻らなくてはいけないのに、離れ難くて我儘《わがまま》を言ってしがみついた。これで最後だから。

一生に一度の本気の恋。この瞬間を私は一生忘れない。

こんな気持ちを知ることができた自分は幸運だったと思う。こんなにも甘く切ない、心が揺さぶられるような気持ちがあることを初めて知った。

ずっと貴族の不倫や浮気を軽蔑していたが、今ならその気持ちを少しだけ理解できる。行動は自制できても、人を好きになる心は止められない。

この恋心は私にとってどんな物にも代え難い、キラキラした宝物だ。大事に胸にしまって、強く生きていこう。私はそう決意し、ロバートの腕から離れた。

ロバートはそのまま裏口から店内へ。私は路地から大通りへ出る。

大通りへ出るところで大きくて立派な薔薇の花束が打ち捨てられているのに気付く。

――その花束の持ち主が、裏路地で抱き合っている私達を偶然見てしまったことなど知る由もなく。

◇◇◇

家に戻るとナイジェルがやってきた。きちんとプロポーズの返事をしようと決めていたので部屋に通し、お茶を淹れる。前回は喜んで飲んでいたのに、今日は手をつけない。どことなく様子が変だ。

「あ、あの。この前の結婚のお話だけど。本当にいいの？」

ナイジェルに確認する。

「何が」

「ただの愛人なら飽きたら捨てればいいけど、結婚はそうはいかないのよ？」

なぜこの人が私と結婚する必要があるのか分からない。ナイジェルは無表情で、何を考えているのか読めない。

「お前を愛人にはしない」

「でも」

無表情だったナイジェルの瞳に残虐な光が灯《とも》った。

「だって、別れたらお前はまたカルマンのところに行くんだろ？」

ナイジェルは口元だけでニヤリと笑う。しかしその目は明らかに怒りに燃えていた。

「え？」

「結婚して一生俺に縛り付けてやる。カルマンには二度と会わせないから、そのつもりでいろ」

なぜここでロバートの名前が出てくるのか。

「な、何を言ってるの？　私とロバートは恋人同士ではないわ」

「嘘をつくな！」

ナイジェルがティーカップを叩き落とした。カップが激しい音を立てて砕け散る。

乱暴に私を長椅子に押し倒すと虚ろな目をしてこう言った。

「もうお前に優しくするのはやめた」

手首を摑んで、覆い被《かぶ》さってくる。嫌だ……怖い！

「結婚してからも俺に隠れてあいつとの関係を続けるつもりなんだろ」

首筋に唇を押し付けられた。荒い吐息が耳元にかかる。

「お願い、やめて！」

「お前がどんなに俺のことを嫌いでも、俺のモノになるしかないんだ、生憎《あいにく》だな」

抵抗したいけど、身動きが取れない。

「い、やっ！　離して！」

「ちきしょう……結婚したら屋敷に閉じ込めてやる……俺以外に頼る者がいなくなれば……」

うわごとのように呟くナイジェルの目はもはや私を見てはいなかった。

嫌……！　助けて！　誰か……。……助けて……ロバート！

「――その手を離せナイジェル！」

私に覆い被さっていたナイジェルの身体がふっと浮き、どこかに吹っ飛んだ。

「ディアンドラ、大丈夫か⁉」

ロバートだった。

「正義の味方気取りかよ」

ナイジェルはロバートを憎々しげに睨み、摑みかかる。そしてロバートに殴られ、投げ飛ばされた。ナイジェルは細身なので、大柄なロバートには体格で負けている。それでもしつこく何度もロバートに殴りかかる。何度も。何度も。泣きながら。殴られても殴られてもナイジェルはロバートに向かっていく。やがて起き上がれなくなり、口の端から血を流し床に転がった。


「ヴェリーニ領にきゅうりを植えるように仕向けたのはコイツだ」

ロバートが私の肩を守るように抱き、言った。

「え？」

「君の父上を騙し、枯れると分かっていながらきゅうりを植えさせたんだ」

「なぜそんなことを……」

すると、床に横たわっていたナイジェルがくっくっと笑った
「本当に俺の気持ちなんて、全然気付いていなかったんだな」

何を言っているのか分からない。


「俺は……お前のことが……好きだったんだよ――」

第21話　ナイジェルの想い

初めてディアンドラ・ヴェリーニを見た時の胸の高鳴りを俺は一生忘れないだろう。

一目惚れだった。そして初恋でもあった。

俺はナイジェル・レヴィ。レヴィ侯爵家の跡取り息子だ。

姉がいるが、男児は俺一人だけ。幼い頃から侯爵家の跡取りになるべく厳しく躾《しつ》けられた。

父は政府高官で、財務長官にまで上り詰めたエリート。こういう父親を持つと子供は大変だ。常に期待され、周りと比べられる。

運の悪いことに、父の一番のライバルには俺と同い年の息子がいた。そいつは天才児で、何をやらせても完璧にこなす。そんな奴と物心ついた時から比較され続けたら卑屈な性格にもなろうというものだ。

俺は自分の目から見ても凡庸な人間だ。加えて野心もさほどない。できることなら好きな絵でも描いてのんびり暮らしたかったのだが、そんなこと許されるはずがなかった。

二年前、俺が十七歳の時。ディアンドラが領地から王都へやって来た。婿を探しにきたのだそうだ。彼女は一つ歳下の十六歳。でも歳よりずっと大人っぽく見えた。

夜会で初めて彼女を見た俺は、その美しさに一瞬で心を奪われた。

当時、女性にまったく興味がなかったので、その気持ちが恋だとはしばらく気が付かなかったけど。

ただ、気が付けばいつも彼女の姿を探し、目で追っている自分がいた。

用もないのに彼女の家の近くをうろつき、偶然姿を見かけた日は一日中幸せな気分になった。

俺は見た目もパッとしないし、性格も暗い、なんの取り柄もない人間であることは自覚している。自分でも自分のことがあまり好きではない。

でも。もし、彼女が俺のことを認めてくれたら。俺のことを好きになってくれたら。

そんな夢みたいなことが本当に起こったら、俺は変われるような気がする。願望のような、予感のような、そんな想いを抱いていた。

しかし残念なことに彼女は俺を嫌っていた。食事に誘っても、観劇に誘っても断られた。いつもツンとした態度で、笑ってもくれない。

会いたい。会って話がしてみたい。俺のことを見てほしい。

どうすれば俺のことを好きになってもらえるだろうか。

抱きしめたい。俺の腕の中で笑顔を見せてほしい。

彼女に触れてみたい願望は日増しに大きくなるが、ダンスすら断られてしまってはそれも叶わない。

そんな時、悪友達に「社会勉強だ」と誘われて、娼館に行った。ディアンドラ以外の女性になんて興味なかったんだけど。なるべくディアンドラに似た女性を選び、ディアンドラのことを想いながら抱いた。おかげで、俺は友人達に黒髪でグラマラスなタイプが好みだと思われているがそうではない。もしディアンドラが金髪でスレンダーだったらそういう人がタイプだったことだろう。

ディアンドラみたいな人が好きなのではなく、ディアンドラが好きなのだ。

婿探しに来た彼女は幾度となく婚約をし、そして破棄した。

貧乏な田舎貴族の婿に、優秀な息子を差し出す貴族はいない。大抵出来が悪くて持て余していたような放蕩息子を推してくる。俺の目から見ても、彼女の婚約者になった男達は、クズばかりだった。

俺は侯爵家の跡取りだから、彼女の婚約者候補にはなれない。それが残念でならなかった。

婚約破棄された奴らは腹いせに、彼女を貶めるような噂を吹聴して回る。

なぜみんなあんなに素晴らしい人をもっと大事にしないのか理解できない。

俺だったら……大切にするのに。優しくして、欲しいものはなんでも買ってやるのに。

やるせない想いを抱えながら二年間、彼女だけを見つめ続けた。

ところがそんなある日、アイツが現れた。ロバート・カルマン。アイツだけは許せない。

とある舞踏会で、奴はディアンドラの了承も得ずに強引にダンスを始めた。

俺も申し込んだけど、断られたから諦めたのに。

さらにディアンドラの胸元を不躾な視線で眺め回した。彼女は嫌がってるのに。可哀想に。

そして——俺はしっかり見てしまった。奴がいやらしい手つきで彼女の背中を撫で回したのを。怒りのあまり身体が震えた。


ある日、ディアンドラに会いたいが故に彼女の出没しそうな場所で酒を飲んでいたら、運よく本人が通りかかった。勇気を振り絞って声をかけてみた。少し酔っていたから、質《たち》の悪いナンパみたいになってしまったけど。でも酒がないと緊張して声なんてかけられないんだ。

俺は君を助けたかった。君に感謝されたかった。

待って！　もう少し話がしたい。頼む、逃げないでくれ。

上手く伝えられなくて、咄嗟《とっさ》に彼女の腕を摑んでしまう。

女性があんなにか弱いなんて知らなくて、戸惑った。彼女を怯《おび》えさせてしまったことは後悔している。でも他に方法を思いつかなかったんだ。

そんなところに奴が現れた。あたかも悪者から姫を救いに来ましたと言わんばかりの登場の仕方だ。奴のほうがよっぽど悪者なのに。何が「大丈夫か？」だよ。

ロバート・カルマンの女性関係の激しさは貴族の間では有名だ。いつも違う女性を連れているし、人妻といちゃついているところも何度も目撃している。

なのに――。神様は俺ではなくロバートに味方した。ひょっとして神様って女性なんじゃないか？

ロバートとディアンドラが二人で観劇にやって来たところを見てしまったのだ。二人っきりでボックス席で。

俺なんか、その数日前にディアンドラに贈ったプレゼントを突き返されたのに。これはショックだった。

ディアンドラは直接渡されたプレゼントは受け取らないが、家に贈られてきた物は仕方なく受け取ってくれると聞いていた。なのに、なぜか俺が贈ったドレスは使用人がわざわざ返しに来た。ものすごく傷ついた。なぜ俺のプレゼントだけ受け取ってもらえないのだろう。

ディアンドラのために一生懸命考えて選んだドレスだった。男どもに胸元をジロジロ見られないように、前はドレープのボートネックになっていて、背中が大きく開いているドレス。彼女を守りたくて、彼女のためを想って選んだつもりだった。素材も最高級のシルクだ。気に入ってもらえるのではないかと期待していた俺の心は無惨にも打ち砕かれた。着てもらえたら勇気を出して「綺麗だ」って言ってみようと思っていたのに。

なぜそこまで俺を嫌う？　俺はそんなにひどいことをしたか？

俺とはろくに口も利かないのに、あいつとは二人で出かけるんだな。あんな、他にいっぱい女がいるような奴と。

ディアンドラは残酷だと思う。憎んでしまえればどんなに楽だっただろう。

でも無理だ。どんなに嫌われても、冷たくされても、俺はディアンドラが好きなのだ。

だからひどいことをした。彼女の領地の作物を全滅させて、俺に頼らざるを得ない状況を作り出した。

地質学者にヴェリーニ領では育たない植物を聞き出す。人を雇って、ヴェリーニ子爵をそそのかしてそれを売りつける。そして俺にしかできない救済方法を提案した。

もともとは交換条件なんて出すつもりはなかったんだ。彼女が「ナイジェル！　ありがとう」って感激してくれることを期待していた。少しでも俺のことを好きになってくれれば十分だった。

悪役になりたくてなる奴なんてこの世にいるだろうか。ヒーローになってみんなに愛され、感謝され、尊敬されるほうがいいに決まってる。俺も彼女に感謝されさえすればよかったんだ。

でも彼女は「あなたのことだから何か交換条件があるのでしょう？」と言った。あなたのことだから――彼女の中で、俺の立ち位置は悪役なのが悲しい。

だから「俺のものになれよ」と言った。恋人になってほしい、という意味のつもりだったんだけど。「ヤラせろよ」的な意味にとられていた。

いい加減な気持ちだと思われたくなくて、流れで思わずプロポーズしてしまった。

本当は恋人になって俺のことを好きになってもらってからと思っていたのだが。結果は同じだ。むしろかえってよかったかもしれない。少なくとも彼女のお父上は安心するだろう。

彼女は困惑していた。俺が真剣に自分のことを愛しているとは考えもしないんだな。

まあいい。どうせ彼女は俺の提案を受け入れざるを得ないのだから。他に領民を救う方法はないはずだ。


俺は改めて彼女にきちんと想いを伝えようと思った。

身体目当ての他の男どもとは違うんだと、心から君を愛していると伝えようと。

そうすれば……俺を愛してくれるとまでは行かなくても、少しは印象がよくなるのではないだろうか。


これから始まる彼女との生活を考えると胸が弾んだ。

次期侯爵夫人ともなれば、もう誰も彼女に失礼な態度は取れなくなる。もし誰かが彼女の陰口でも叩こうものなら、俺がそいつを叩き潰してやるんだ。

ディアンドラを大切にしよう。高価な宝石でも、屋敷でもなんでも買ってやる。我儘でも意地悪でも構わない。全部愛《いと》しい。

ヴェリーニ領の作物が高値で買い取られるよう手配してあげよう。頻繁に里帰りできるよう、ヴェリーニ領に別荘でも建てようか。

彼女のお父上のことも大切にしよう。ヴェリーニの領民に王都での働き口を紹介してあげたら、ディアンドラは喜んでくれるだろうか。

まずは再プロポーズだ。この前のように適当な言い方ではなくきちんとしたい。

俺の真剣な気持ちを知って欲しいから、俺の気持ちの大きさを表すような立派な指輪を買おう。

薔薇の花束を持って、跪《ひざまず》いて。生涯君一人を愛することを誓います、だから僕の妻になって下さいって言うんだ。

深紅の薔薇ってディアンドラみたいだな。いい香りで。棘があるところもなんか似てる。この世で一番美しい花だと思う。

ウキウキした気持ちで花束と指輪を買った。ふふ。指輪のダイヤが大きすぎて重いって文句を言うかな、彼女。そうしたら、「重かったら俺が持ってやる」って言って、彼女の手ごと持ったりして。

そんなことを考えながら、隣の店で菓子でも買おうと歩いていた時だった。

百貨店と、隣の建物の間の細い路地で抱き合う男女がいた。

通り過ぎようとしたら――

「ディアンドラ、もうそろそろ店に戻らないと」

聞き覚えのある声と名前にぎくりとした。

――振り向くな！　心の声が警鐘を鳴らす。まさか。そんな。でも…………

「もう少し……もう少しだけ。お願い」

切ない表情をしてロバートにしがみつく彼女がいた。俺が一度だって見たことのない表情。いつもの強気で気高いディアンドラとは別人のような可愛らしい顔。

声をあげそうになるのを必死で堪え、手で口を覆う。その拍子に花束を落としてしまったことにも気付かず、足早に立ち去った。

歩き回って、人のいない路地を見つけ逃げ込む。吐きそうだ。壁に手をついて項垂れる。ロバートとは恋人ではないと言っていたではないか。その舌の根も乾かないうちにもう会いに行ったんだな。

もちろん、過去に何かあったかもとは疑っていた。でもてっきりただの火遊びだと思っていたのだ。そのくらいなら目を瞑るつもりだった。それが、まさかあんな……愛し合う恋人同士のような………。

「ふ、ふふふ……あはは」

不意に笑いが込み上げてきた。笑いすぎて涙が出る。結局俺が悪者かよ。

ディアンドラを救うヒーローになるはずが、愛する二人を引き裂く悪役になっているではないか。

ディアンドラはきっと結婚してからもロバートとの関係を続けるのだろう。まあ、貴族にはよくあることだ。俺も愛人を持てばいいだけの話だよな。

…………。

心が痛い……。苦しい……。

俺は愛人なんかいらない。欲しいのはディアンドラただ一人。なのに…………。

「なんで……なんで俺じゃダメなんだよ」

壁を拳で殴った。

ひどい女だと思う。こんなにも哀れな俺に、ほんのひと欠片《かけら》の愛さえ恵んでくれない。

だけどどんなに傷つけられても、どんなに拒絶されても。他の人を選ぶという選択肢はない。

なぜなら――俺はどうしようもないくらいディアンドラを愛しているから。

いいさ、好きにすればいい。お望み通り悪役になってやる。悪役らしく君を力ずくで俺のモノにするよ。そして屋敷に閉じ込めて二度とロバートには会わせない。

ああ、でも本当は。

――俺は悪役よりヒーローになりたかった。

第22話　消毒

「――お前のことが……好きだったんだよ――」

ナイジェルはそう寂しそうに言った。

ああ、やっぱりそうだったんだな。カルマン百貨店で指輪を買った時の彼の表情を思い出す。不器用な奴だなと思った。

ディアンドラが何か言いかけたタイミングでドアが激しくノックされた。

「兄さん⁉　いるんだろ！　開けて！」

「ジョン⁉」

なぜジョンがこんなところに⁉

弟の声に驚いてドアを開けると、ドヤドヤとたくさんの警察が部屋に雪崩れ込んできた。武装した男達はただちに床にへばっているナイジェルを取り囲む。

「ナイジェル・レヴィ！　ドン・フィロ殺害未遂容疑の重要参考人として連行する！」

「は？」

ナイジェルはポカンとしていたが、そのまま連れて行かれてしまった。

家にはディアンドラと僕とジョンの三人が残された。

「ジョン、これは一体どういうことだ？」

「ドン・フィロっていうのはきゅうりの苗を売った奴らしいよ」

ジョンが話し始める。

「あ、順を追って説明するね。僕が昨日の晩、王都西の橋の下にいたら――」

「夜に橋の下って、お前何してたんだ？　そんなところで」

「……そ、それは。その……ランバルド伯爵夫人と……その」

ジョンが口籠もる。

「…………」

あ、察した。ランバルド師匠にご指導を賜っていたんだね。橋の下は人目につきにくいため、よく逢《あ》い引《び》きに使われるのだ。

赤い顔をしてジョンが続ける。

「そしたら、橋の上でヒソヒソ声がして、大きな麻袋がドボンと落ちてきたんだ」

橋の上の男達が走り去ってから、ジョンとランバルド伯爵夫人は麻袋を川から引き上げた。

すると中には縄でぐるぐる巻きにされ、猿ぐつわをかまされたドン・フィロが入っていたのである。

気を失っていたドン・フィロはすぐに意識を取り戻し、二人はドンを警察に連れて行った。

そこでドンは洗いざらい話した。

ナイジェルに雇われて、ヴェリーニ子爵にきゅうりの苗を売りつけたこと。その報酬をもらいにレヴィ侯爵家に行ったら、ナイジェルは留守で、代わりに父親のレヴィ侯爵が対応してくれたこと。ワインを勧められて飲んだのまでは覚えているが、そこから先は意識がなく、気がついたらジョンとランバルド伯爵夫人に助けられていたこと。

警察はレヴィ侯爵とナイジェルを連行し、現在取り調べ中だ。

「口封じのために殺されそうになったんだろうなぁ」

僕は床に散らばった割れたティーカップの破片を拾いながらため息をついた。

ディアンドラは紅茶を淹れ直している。

「――で、君はナイジェルと何があった?」

ジョンが帰って二人きりになってから、ディアンドラの話を聞いた僕は仰天した。

「ダメだよ！　な、何考えてるんだ君は！　奴との結婚なんて！」

「だって……それしか方法がないと思ったの」

ナイジェルがディアンドラに関係を迫ったであろうことは予想していたが、まさか彼女が彼との結婚をＯＫする気だったとは！

ナイジェルに組み敷かれているディアンドラを見た時は発狂するかと思った。

そしてその瞬間思い知ったのだ。

その男がどんなに素晴らしい相手であっても。どんなにディアンドラを大切にしてくれても。ディアンドラの幸せのためにはそのほうがよかったとしても。

——僕はディアンドラを誰にも渡したくない。

ディアンドラが僕から離れるつもりだったのはショックだ。彼女は領民のためなら僕と簡単に離れてしまえるのか？　僕はどうしたって無理だ。完全にお手上げ状態。

たとえ世界中の人を不幸にすることになっても、彼女を手放すことはできないと悟った。

どんなに素晴らしい仕事をしても、あり余るほどの金があっても。ディアンドラがいなかったら僕の人生にはなんの意味もない。

だから僕は大きな決断をした。まだ親父には話していないけど。事後報告でいい。相談するつもりはないから。親父が何と言おうと決断を変える気はない。

「ヴェリーニ領の作物が全滅になったってどうして真っ先に教えてくれなかったんだ？」

「カルマン商会は今色々大変そうだったから……盗賊問題とか」

ディアンドラのこの物分かりのよすぎる優等生なところが時々僕をイラッとさせる。

どうして僕を頼ってくれないのか。しかも僕の知らないところで、勝手に『最後のタイム』にしようと考えていたなんて。

だから様子がおかしかったのか。

「珍しく『もう少しだけ』なんて可愛いこと言うからって喜んでた僕が馬鹿だった」

「ねえ、もう遅いわロバート、そろそろ帰ったほうがいいんじゃない？」

「嫌だね。帰らない。今日は君のそういう真面目なところが腹が立つよ」

ぎゅうっとディアンドラを抱きすくめる。手放さないと決めたせいか、迷いも罪悪感もない。

「目を離すと違う男と結婚してしまうからね、君は」

大人の余裕はどこへやら、子供のように駄々をこねながらも僕の心は不安でたまらない。

「タイム」

僕は不貞腐《ふてくさ》れながらタイムをコールする。

「？」

ディアンドラは不思議そうな顔だ。

今回はディアンドラを癒やすためのタイムじゃなくて、僕のためのタイム。

君を一人にしたら、きっと心配で今夜は眠れないから。

もう少しで他の男に取られてしまうところだったのだ。僕のために『タイム』にしたってバチは当たらないと思う。

「タイムのルールはちゃんと守るからさ。時間は無制限でいいよね？」

「？？」

「僕、今夜は帰らないから」

その晩、僕は宣言通り『夜通しタイム』を決行した。何があっても腕の中に閉じ込めて朝まで離さない。彼女は僕のものだ。抱きしめて眠るだけだから、いいんだよ別にベッドの中だって。『タイム』のルールからは外れていないさ。

「……ディアンドラ、もうすぐ君に大きなプレゼントがあるんだ」

ベッドの中で背中からディアンドラを抱きしめる。誰にも奪われないように。

「それ、前にも言ってたわね」

「内容についてはまだ口外できないんだけど。僕、結構頑張ったんだ」

「そう」

「それで……さ。そのプレゼントを気に入ってもらえたら、ご褒美をくれないか？」

ああ、早く君を僕のものにしてこの不安から解放されたい。

枕に頭を乗せたディアンドラが可愛い顔で僕を振り返る。

「ご褒美？　どんな」

「君が僕のお願いを一つ聞いてくれる、っていうご褒美」

ディアンドラはちょっと考えて、にっこり微笑んだ。

「いいわよ」

よし。言質《げんち》は取ったぞ。それまでは我慢だ。我慢。が、我慢…………。

「…………」

タイム中は抱きしめるのはOKだが、いやらしいことをするのはNG。ましてディアンドラは真面目できちんとした女性だからね。

しかし、怪我の手当や消毒は『いやらしいこと』には該当しないのではないだろうか。むしろ必要不可欠な医療行為だよな？

「ディアンドラ？」

僕は暗闇の中でそっと声をかけてみた。返事はなく、彼女の寝息だけが聞こえる。

「…………………」

よし。

僕は彼女の髪をそっとかき上げ、「ごめん、ちょっと消毒するね」と囁き——

白く滑らかな首筋にそっと自分の唇を這《は》わせた。

昼間、ナイジェル・レヴィがそこに顔を押し付けているのを見た時は殺意が湧いた。許せない。消毒だ消毒。はぁ……いい香り。イライラしてた気持ちが嘘みたいにスーッと消えていく。

耳の付け根から鎖骨まで、丹念に消毒し、最後にチュッと強く吸って僕のものだという印をつけておいた。明日、万が一ディアンドラが気がついてもシラを切り通すつもり。

ディアンドラが普段寝る時に小さなナイトライトなどを一切点けない主義だったのは幸いだった。でなければ、きっと消毒だけでは終わらなかっただろう。

その部屋はあまりに暗くて、僕には何も見えなかったから。狸寝入《たぬきねい》りしているディアンドラの潤んだ瞳も、その蕩《とろ》けそうな表情も全部闇に呑み込まれて見えなかった。見えていたら、間違いなく理性を失っていたと思う。

やがて僕は静かに眠りについたのだった。

◇◇◇

翌朝、ジョンとキャロラインが警察からの連絡を持ってやってきた。

ドアを開けた寝起きの僕を見て、キャロラインが悲鳴を上げる。

「お、お兄様⁉　未婚の女性の家に泊まるなんて！」

キャロラインはディアンドラの首の赤い痕《あと》を凝視しながら言った。

無駄に鋭いな、キャロライン。ディアンドラ本人もまだ気がついていないのに。

外の通りにいた奴と目が合ってしまった。あ、やべ。顔見知りの貴族だ。また賭けの対象にされるなこれは。ごめん、ディアンドラ。またよからぬ噂を立ててしまった。でも責任は取るから許してほしい。

捜査の結果、きゅうりの苗を売ったドン・フィロを殺害しようとしたのはレヴィ侯爵だった。

ナイジェルは知らなかったらしい。

屋敷にやってきたドン・フィロから息子のやったことを知り、体面を気にして口を封じるつもりだったようだ。

レヴィ侯爵は殺人未遂で有罪。爵位は剝奪《はくだつ》、財務長官を辞任することとなった。そしてヴェリーニ領の損失の補塡を命じられた。

ナイジェルは詐欺罪。ドン・フィロが殺されそうになったことは知らなかったため、罰金刑のみとなった。

ドン・フィロは意味も分からず指示通り苗を販売しただけなので、罪には問われず釈放された。

ちなみに、空いた財務長官のポストには繰り上がりで副長官だったランバルド伯爵が就任した。夫人が喜ぶ姿が目に浮かぶ。カルマン商会としてもランバルド家が財務長官だと非常に商売がやり易くて助かる。


――ディアンドラ、待ってて。もう少しだから。

君は絶対僕がこの手で幸せにしてみせる。

第23話　スケッチブックと背中の開いたドレス

レヴィ家の面々は王都から姿を消した。

田舎にいくつか屋敷を所有しているらしいからそこに移ったのだろう。爵位を失って今後はどうやって生活していくのかは分からないけど。

レヴィ家が王都から姿を消したその日、うちのドアの外に小さな包みが無造作に置かれていた。

開いてみると、中にはスケッチブックが入っている。表紙の内側に、小さな文字で持ち主の名前が記されていた。

「………ナイジェル……レヴィ?」

おそるおそるページをめくると、そこには鉛筆で描かれた無数の――私の姿があった。

どのページもどのページも私のスケッチで埋め尽くされている。

「こんなに……いつの間に」

息を呑み、震える手でスケッチブックをめくる。

泣きたいのを堪えている時の顔。

(ああ、これは元婚約者にみんなの前で侮辱された時……)

強がってわざと悪役のセリフを言う時の顔。

(婚約者にちょっかい出したと令嬢達に難癖をつけられた時……)

人前では隠していた私の胸の内をよく捉えていた。どの絵からも描いた人の想いが伝わってくる。優しい、愛に溢れたスケッチだった。

残念なことに笑顔のものが一枚もない。見ることが叶わなかったから描けなかったのだろう。

胸が痛んだ。私は一度だってこの人に優しい笑顔を向けたことがなかったのだから。

ポタリと涙がスケッチブックに落ちる。私は馬鹿だ。王都の貴族はみんな最低な人ばかりだと決めつけて。色眼鏡で見ていたのは私のほうだった。

ナイジェルの優しさにどうして気付けなかったんだろう。想いには応えられなかったかもしれないけど、友人にはなれたはず。

次のページをめくり、手を止める。

見たことがないドレスを着た私の姿が描かれていた。背中が大きく開いた上品でシンプルなドレスを纏った私……?

「あ……」

心臓がドキリとした。あのドレスだ。なんということをしてしまったのか。私はとんでもない勘違いをしていた。真心のこもった贈り物にお礼を言うどころか、冷たく突き返してしまったなんて。背中を嫌な汗が流れる。

もし――

もし私がこのドレスを突き返したりしていなければ。

もし私が相談に乗ってくれると言うナイジェルときちんと話をしていれば。

ナイジェルはうちの領地に詐欺を働こうと考えただろうか。

もしかしたらレヴィ侯爵は今も財務長官で、ナイジェルも次期侯爵として、何不自由ない人生を送っていたのではないだろうか。

「ディアンドラ？」

私の異変に気付いたロバートが心配してやってくる。

「どうしよう……どうしよう、どうしよう」

私は何人もの人の人生をメチャメチャにしてしまったのだ。怖くて身体の震えが止まらない。

スケッチブックを見て事情を察したロバートがぎゅっと抱きしめてくれた。

私はロバートにしがみつき、ナイジェルに詫びながら泣いた。そんなことをしたところで、どうにもならないのに。

「過ぎてしまったことは仕方がない。今できることを精一杯やるしかないね」

そう言うとロバートは私の背中をトントンとあやすように叩いた。

しばらくして私が落ち着くと、手の中に小さくて温かいものが乗せられた。フワフワした小さくて温かいもの……。

「何？　え、子猫？」

小さな黒い子猫だった。

「どうしたのこの子。あなたの家のペット？」

「違うよ、君のお父上が拾ってきたみたいだ」

「ああ」

またか、と思った。心優しい父は、よく外で動物を拾ってくるのだ。可哀想な子を見ると放っておけない性質《たち》なのだ。でもきゅうりの行商人まで拾うのは予想外だったけど。

実家の屋敷には犬やら猫やらがたくさんいる。それ以外にも親とはぐれた野生動物の子をしょっちゅう拾ってくるのだ。彼らは大抵大きくなると森へ帰って行くのだけど。

テンに至っては恩を仇《あだ》で返すように、畑の作物を食い荒らして去って行き、ばあやを激怒させたっけ。

「可愛い……」

子猫を撫でると高い声でミャーミャー鳴いた。

「ここで飼うかい？」

「居着くもよし、出ていくもよし。うちでは動物の自主性に任せるの」

子猫はミルクを飲み、ナイジェルのスケッチブックの上でしばし丸まって眠る。

やがて目を覚ますとドアの前でミャーミャー言うので、開けたら出ていった。

「あんなに小さくて自然界でやっていけるのかしら」

「大丈夫だよ」

ロバートが私の肩を抱き優しく言う。

「自然界にはきっと思いもかけない素敵な出会いがあるさ」

どうか幸せになれますように……と私は心から祈った。

あの子猫も。

そしてこの青空の下のどこかにいるナイジェルも――――。

第24話　予想外の出来事

「ジョン、僕がいなくなった後はカルマン商会を頼む」

「ああ。僕は、兄さんの生き方を応援するよ！」

カルマン百貨店のある日の午後。

客が途切れたので僕は弟を呼んで自分の計画を打ち明けた。

そう、僕はカルマン商会を継ぐのをやめることにしたのだ。

嫡男としての義務を放棄することに後ろめたさはあるが、仕方がない。この先の長い年月をディアンドラなしで生きることは僕にはできないから。

で、親父に話す前にジョンに相談すべきだと思ったんだ。だって、僕がいなくなったら当然ジョンが後を継がなくちゃいけなくなるだろう？　ジョンが快く賛同してくれて、本当に嬉しかった。

その後、番頭にも僕が近いうちヴェリーニ領に移ることをこっそり打ち明けた。番頭は泣いた。

「そんな！　ずっと坊ちゃんと一緒に仕事をできるものだと思っていたのに」

「戦うステージは違っても、目指す理想は同じだ。みんなが幸せになれるような世界を、それそれの場所から造っていこうじゃないか」

僕も込み上げるものをこらえ、番頭と熱い抱擁を交わした。

百貨店のフロアをぐるっと見渡す。

僕の……生活の中心だった場所。一緒に頑張ってきた、家族にも等しい従業員達。たくさんの思い出が走馬灯のように脳裏を駆け抜ける。

皮肉なものだ。やっと商売の本質を理解できたと思ったら、辞めることになるなんて。

今回のプロジェクトで初めて商売の面白さを知った。……名残惜しくないといえば嘘になる。

根回しも終え、いよいよ親父に報告する時が来た。殴られるだろうか。あるいは勘当されるか……。親不孝な息子でごめん。でもどうしてもディアンドラといたいんだ。

◇◇◇

「親父、分かってくれ。無責任だと責められても、僕はディアンドラと共に生きたいんだ！」

カルマン商会の会頭室。卓越しに僕を睨みつける親父。

「…………………」

「…………………」

親父は組んだ指におでこを当て、うつむいた。そして小さく肩を震わせ…………

「……っ……くく……ふふふ、あはは」

「親父?」

…………笑い始めた。

「だからお前は格好つけの馬鹿だっつーんだよ。なぜ最初からお前が商会を継ぐ前提になってるんだ! ひゃーっはっはは」

「はい?」

「ヴェリーニ領、ちょうどいいじゃないか。あちらでうちの仕事続ければ」

「え」

「カルマン商会を継ぐ奴は俺が決める。その時が来たらな。生まれた順番だけで跡取りの座が手に入ると思ったら大間違いだ」

あれ? ええと。なんだか両立できちゃう感じ? つまり商売もディアンドラも諦めなくていいのか。それはよかった! ……んだよな。めっちゃカッコ悪いけど、僕。

再び百貨店に戻る——。

「坊ちゃん……。ダサすぎます」

「うるさいな」

「でも……よかった……です。ダサいですけど」

感動的なさようならの後で、すぐに「ただいま」になってしまったよ。

なんだかいたたまれなくなって、商品の陳列を整えるフリをすることにした。

ふと、食い入るように僕を見つめる視線に気が付く。十四時の方角に女性客が一人。

うーん残念だ。以前の僕なら甘い言葉を囁いて、商品をたくさん買わせていたものだが。

『エロバート』がもう仕事をしてくれないのでね。

「お客さま、本日は何をお探しで？」

普通に接客しようと声をかけたらなんと、クロエじゃないか！

忘れもしない。舞踏会で僕のディアンドラをビンタしたあの暴力令嬢クロエだ。

あの時は分からなかったが、今なら断言できる。ディアンドラは潔白だった。

ろくに確認もせず、一方的に暴力を振るったこの女を絶対に許すことはできない。

「やあクロエ。今日はニックは一緒じゃないのかい？」

本心を隠し、営業で培《つちか》った偽《にせ》スマイルで対応する。

「ニックとの婚約は破棄したの」

「まさかディアンドラとのあの一件が原因なのか？」

「そうかもね。確かに、きっかけではあったわね」

あの時は元鞘《さや》に収まったように見えたのだけど。ディアンドラはニックなんて相手にしていないのに。

「そう……それは残念だったね。で、今日はどんな商品を見たい？　見繕って持ってくるよ」

「今日はあなたに聞きたいことがあって来たの」

何かを探るような目だ。

「ロバート・カルマン。あなた……ディアンドラとどういう関係なの？」

それを聞いてどうするつもりだ、クロエ。おおかたディアンドラのせいで婚約が破棄になったと思い込み、恨んでいるのだろう。悪い噂を流して仕返しでもするつもりか。

この女は人前でディアンドラの頬を打った。彼女の美しい顔を傷つけ、もっと美しい心を踏みにじったのだ。許さない。絶対に許さない。

生憎だったなクロエ。僕はディアンドラのようないい人ではないんだよ。やったことの報いは受けてもらわないと。

今この場で、わざと人目につくように君にキスして。その後で君とヤッたって言いふらしてやる。君のほうから言い寄ってきたって。まともな人なら耳を覆いたくなるような下品な噂を流してやる。

そういう噂ほど広まるのが早いんだよ。次は君が「ふしだらな女」って呼ばれる番だ。

外見でディアンドラの足元にも及ばないばかりか、性格も悪い君に嫁ぎ先が見つかるといいね。ふふ。

僕は精いっぱい甘い笑顔を作り、クロエの首筋に指を伸ばして――――

――――やめた。

舞踏会で引っ叩《ばた》かれたディアンドラ。

事実無根の中傷なのに、言い訳もせず自分が悪者になってこの女を庇《かば》った。

好きな男性が他の女性に言い寄っていたら傷つくだろうと、自分が誘惑したことにしたのだ。

誰一人味方がいないあの場所で。懸命に涙をこらえ、最後まで悪女を演じたディアンドラ。

そんな彼女はきっと僕がクロエに復讐《ふくしゅう》をすることを望まないだろう。

むしろ悲しむに違いない。僕が愛した女性は、そういう人だ。

「おい、はっきり言う。ディアンドラに何かしたらタダじゃおかないぞ」

「まあ！」

「金輪際ディアンドラには近づかないでもらおうか」

「それはつまり、あなた達は恋人同士ってことなの？」

「だったらどうなんだ」

「あなた、遊び人なんでしょ。飽きたら捨てるんじゃないの」

「クロエ、君噂に疎《うと》いんだな。遊び人のエロバート死亡説を聞いてないのか？」

「つまり本気なの？」

「ああ」

うざい女だ。なんでこの女が人の恋愛事情に口を挟んでくるんだ？

「……よかった」

「は？」

「ディアンドラのことを本気で愛してくれる人でよかったな、って」

「は！　ビンタしたくせに！　何友達ヅラしてるの？　君」

「あの時は……悪かったと思ってるわよ」

クロエはバツが悪そうに眉を下げる。

「だってディアンドラがあんなにいい人だって知らなかったんだもの」

ニックは女癖が悪く、その後複数のお相手がいることが判明したのだという。それでも飽き足らず、娼館で病気をもらってくるに至り、クロエの父親が激怒し婚約破棄となったらしい。

あのクズめ、と吐き捨てるクロエ。ニックに未練はなさそうだ。

「とあるガーデンパーティーでね、ニックの浮気現場を偶然目撃したディアンドラが彼を咎めてくれたの」

クロエは嬉しそうにその時の様子を思い出す。

「その後あなたとディアンドラの噂を聞いて……劇場でも一緒にいるところを見たし。ディアンドラが遊ばれているんじゃないかと心配になって」

「言っとくけどね、君あんなことしておいて、今更ディアンドラと友達になれると思ったら大間違いだから。僕は絶対許さないよ」

「分かってるわよ……私だってそこまで厚かましくないわ。でも陰ながら彼女の幸せを願うくらいいいでしょ」

クロエがもはやディアンドラに敵意を持っていないことに安堵するものの、だからと言ってクロエがしたことが帳消しになるわけではない。ビンタをしたことに対する僕の怒りは絶対に消えないと思う。

だから今日の会話だって、絶対にディアンドラには教えないぞ！　教えてやるもんか。

クロエ、君は永遠に自分の行いを後悔しながら、一人寂しく暮らせばいいんだ！

……………と、思ったのに。


「本当なの!?　本当にクロエが私のことを心配してくれたの？」

話の途中からディアンドラはベソをかき始める。

「ど、どうしよう……よかった……」

泣きじゃくる彼女をよっこらしょと抱えて、膝の上に乗せる。僕のシャツの胸元がみるみる涙で冷たくなっていく。

「ディアンドラ……嬉しい？」

彼女の背中をさすりながら尋ねる。

「え、ええ。すっごく……ぐすん……嬉しいわ」

「そっか……ならいい」

そう。ディアンドラが喜ぶなら僕の個人的な恨みなんてどうでもいい。惚れた弱みってやつだ。まったく恋愛の主導権を握れていない僕だが、それもまたよきかな。

「ね、ねえ。クロエのことお茶に誘ったら来てくれるかしら、で、でもいきなり家に呼ぶほど親しくはないし、どうやって約束を取りつけたらいいと思う？」

「君、本気であんな子と仲良くする気なのか⁉」

「だって間違いは誰にでもあるでしょ。そ、それに私……女の子のお友達が少ないから……一緒にお話ししたいんだもの……ぐす」

「…………」

ええい、くそ！

カルマン商会経営のレストランの一番いい席を押さえ、クロエの家に招待状を送り、番犬代わりにキャロラインも同席させることにする。

即手配しましたとも。マメな僕です。

第25話　プレゼント

その日私はロバートに呼び出されてカルマン百貨店に来ていた。

「ねえ、わざわざ呼び出して……何か用？」

「もうそろそろだな」

ロバートが時計をチラリと見る。

ざわざわと辺りが騒がしくなった。

「号外！　号外！」

新聞売りの少年が無料の号外を配っている声が聞こえてくる。それをもらったロバートは満面の笑みで私に差し出した。

号外の見出しを見た私は意味が分からずポカンとしていた。

『ヴェリーニ領に第二の港建設。国の新たな玄関口に！』

ヴェリーニ領って、うちですけど。な、何？？

『政府はこの度ヴェリーニ領沿岸に新たな港を建設することを発表した。同時にカルマン商会によって王都と港を直線で結ぶ鉄道が敷かれる予定だ』

どういうこと？

『新たな港は主に貿易、観光などの用途に重点を置き、既存の軍港との差別化を図る』は？

『カルマン商会は鉄道事業に参入する。新鉄道は港と王都を二時間で結ぶ。ヴェリーニ領は国の新たな玄関口としての役割が期待される』

カルマン百貨店の店員さん達もみんな拍手している。

「新しい港が建設される。この意味が分かるかいディアンドラ？」

ロバートが私を抱き上げた。

「船舶の停泊料に鉄道の通行料。これからヴェリーニ領には莫大《ばくだい》な金が落ちる」

「え？」

「ヴェリーニ領はこれから大きな都市になるんだ。港周辺は開発が進み、色々な企業が進出を狙ってくるだろう。ヴェリーニ子爵はそれを自由に選べ、許可できる立場なんだよ」

心臓がドキドキした。話が大きすぎて頭がついていかない。

「君の家はもう貧乏貴族じゃない。国でも有数の大富豪になるんだ」

ロバートが嬉しそうに言う。

「君、女性でも学べる学校が欲しいって言ってたよね？　作っちゃえよ、自分で！」

声が出ない。私は呆然としたままロバートを見つめた。

「僕が発案したんだ。褒めてくれるかい？」

ロバートがキラキラした瞳で私を見つめる。

「君が生きたいように自由に生きられる世界――これが僕からの君へのプレゼントだ」

もう誰も君を傷付けることはできないよ、とロバートは嬉しそうに言った。

私の予想を遥かに上回るスケールのプレゼントだ。女性に『世界』をプレゼントする男なんてどこにいるだろう。感謝の気持ちを伝えたかったけど、涙で声にならなかった。

そんな私を、ロバートはみんなが見ている前で堂々と抱きしめ口づけをした。

本当にこの人は私を泣かせる天才だ――。


このプロジェクトには様々な人が関わっていた。なんと陣頭指揮は国王陛下だそうだ。

新しい港ができれば、この国の人と物の流れが大きく変わる。ラゴシュ領の盗賊問題の解決にも繋がるそうだ。港の建設は多くの労働力を必要とする。これまで生活に困って盗賊をしていた人達に仕事を提供できるのだ。

物流も船、鉄道、荷馬車と選択肢が増え、コストに応じて使い分けが可能になる。

ヴェリーニ領の領民は従来通り農業を続けるもよし、別の職に就くもよし。人生の選択肢が増える。

号外が出てからというもの、目まぐるしい日々が続いた。新聞の取材が後をたたず、様々な企業が連日のように売り込みにやってきたからだ。中には賄賂《わいろ》めいた贈り物までよこす人もいた。

さらには、私に縁談が殺到した。

以前、あんなにクズみたいな息子しか紹介してくれなかった貴族達がこぞって優秀な持ち駒を推してきたのだ。容姿端麗、頭脳明晰《めいせき》な貴公子が列をなして私を訪ねてきた。

もはや私の悪口を言う者はいない。「毒婦だ」「あばずれだ」と言っていたその口で私を女神だと讃《たた》えてくるのには笑った。

◇◇◇

ある日、ロバートが久しぶりに声をかけてきた。

「今晩、君の家に行くけどいいかな？」

そう。ご褒美の約束を、私ももちろん忘れてはいなかった。

私が生きたいように生きられる素晴らしい世界に、一つだけ決定的に欠けているものがある。

ロバートだ。一番欲しくて、唯一手に入らないもの。私がヴェリーニ領を継がなくてはいけないように、彼もまたカルマン商会を背負って立つ身だ。

領地の問題は片が付いたものの、ロバートがいない未来を考えると心にぽっかり穴が空いたようで………。

そして夜――

私はもうじきやってくるロバートのことを想いながら身支度をする。

これまでずっと避けていた胸元が大きく開いたシンプルなドレス。

古代神話の女神のような、腰を締め付けないゆるいデザインだ。

女性らしくナチュラルだと言う人もいれば、下着っぽくて下品だと言う人もいる、賛否両論のスタイル。薄くて柔らかな布でできているため、動く度に腰のラインを感じることができる。

その白いドレスは――驚くほど私に似合っていた。

やはりシンプルで色っぽいドレスが一番私らしい。

「こんなドレス姿を人に見られたらまたふしだらだって言われるんでしょうね」

自分の目から見てもセクシーで、鏡を見て思わず笑ってしまう。

でもいいのだ。今日だけは。

だって今夜、私は不良娘になるのだから。

結婚後に不倫をする貴族は多いが、結婚前の女性は純潔を守るのが常識である。

だから結婚前の娘が、婚約者以外の男性と関係を持つなど言語道断だ。

そして今夜……私はその禁忌を侵す。

(お母様……)

心の中で天国の母に話しかける。

（これまでずっと真面目に生きてきました。だから、今夜だけ悪い子になっても大目に見て下さいね）

王都中の貴族にふしだらなあばずれと言われたって構うものか。

たとえ二人に未来がなくて、別々の道を歩むことになると分かっていても。

私は……ロバートより欲しいものなんてこの世にないのだから。

◇◇◇

緊張した面持ちでロバートがやってきた。

「久しぶりだね、ディアンドラ」

明らかにソワソワしている。やっぱりご褒美ってそういうことよね？　き、緊張するけど大丈夫。望むところだわ。

「いらっしゃい。……二階で話しましょう」

そう言って寝室へ案内する。

「え？　二階？　別に一階でもいいんじゃないか？」

ロバートは妙な顔をしていたが黙ってついてきた。

部屋に入り、しばらく妙な沈黙が流れる。いつも余裕のあるロバートらしからぬぎこちなさだ。これは相当緊張している。

「コホン。えっと……前に言ってたご褒美のこと覚えてる？」

来た――――！。

「ええ。覚えているわ」

女は度胸よ、ディアンドラ！

「では――」

「じゃあ――」

そう言って、私がスルッとドレスを脱いでシュミーズ姿になるのと、ロバートが跪いてポケットから何かを出そうとしたのは同時だった。

「え？」

「え？」

ロバートは真っ赤になった。

「ちょ、ちょっと待てディアンドラ。ご褒美ってまだそこまでは……いや、嬉しいけれども？ち、違う……そ、そ、その……」

「えっ！　ち、違うの？」

「さすがに下着姿でプロポーズっていうのもなんだから、服を着てくれないか」

目のやり場に困った様子のロバートが顔を逸らして言う。

え？　今この人なんて言った？　空耳かしら。

「プロポーズって。私達、家を継がなきゃいけないんじゃ……」

ロバートがドレスを着るのを手伝ってくれる。

「だから！　もう何度言えば分かってくれるんだ？　君の望むことは全部叶えるって言ってるだろ」

「でも……」

「君はただ欲しいものを欲しいと言えばいいんだ。それ以外のことは僕がなんとかする」

ロバートは自信に満ちた力強い眼差しを私に向ける。

「君は僕を信じて、正直な気持ちを言ってごらん」

「だ、だって……」

「でももだってもない。それとも君は僕と結婚したくない？」

本当に？　無理でしょ。そんなことできるわけないのに。

優秀なロバートがカルマン商会を継がないなんてことになったら、損失は計り知れない。

かといって、私だってヴェリーニ領を見捨てることもできないし。

私と結婚したら王都を離れなきゃいけなくなるし、カルマン百貨店は王都にあるわけで、馴染みのお客さんだっているだろうし、迷惑かからないようにって言ったって、そんなこと無理だし、でも……だって……。

あれこれ悩んでいる私を見て、ロバートが呆れたと言わんばかりにため息をつく。

「……まったく君って人は。ディアンドラ、もういいから！」

そして優しく、でも力強く腕を広げる。


「――――おいで」


この一言を聞いた途端、私の頭は思考を停止した。

まるで魔法の呪文だ。涙が溢れる。磁石に惹きつけられるように私は彼の腕に飛び込んだ。

「ロバートと……ずっと一緒にいたい」

この人を他の女性に渡したくない。ずっと私だけを愛して欲しい。手と手を取り合って、今後の人生を二人で一緒に歩みたいのだ。

ロバートはホッとしたように私を抱きしめ、背中をトントンした。

「了解。僕の人生、丸ごと君にくれてやる」

そして跪いてポケットから指輪を取り出した。

「ディアンドラ・ヴェリーニ嬢。あなたを愛しています。どうか僕をヴェリーニ家の婿にして下さい」

「……ロバート！」

好きという気持ちがとめどなく溢れ出す。私は彼に飛びついた。

彼は優しく微笑みながらキスの雨を降らせる。

「本当にいいの？　カルマン商会は？」

「実力がある者に継がせるそうだ。副業もＯＫだとさ」

私を抱きしめながらロバートが言う。

「とは言ってもカルマン商会の仕事は続けるよ。これからヴェリーニ領はビジネスの中心になるからね」

話しながらも、ロバートは何度も角度を変え口づけを繰り返す。

「鉄道ができたら簡単に行き来できるようになるし」

「ラゴシュ家との縁談は？」

「雇用が生まれれば盗賊も減るさ。もうラゴシュ家と縁談を結ぶ理由がないんだよ。これからは海路でも商品を運べる」

ロバートと離れなくてもいいなんて……夢みたいで信じられない。ぼんやりしながら幸せを噛み締めていたら、いつの間にかロバートが無言で私を見つめていることに気付いた。

「そのドレス……」

「え？」

「ヤバいな……似合いすぎて」

火傷《やけど》しそうな熱い視線が私の身体の上をゆっくり移動する。

心臓がドキリと音を立てて跳ね、緊張のあまり握った手が汗ばんだ。

そ、そうだった。ぼんやりしている場合じゃなかったわ。

（だ、大丈夫。決意は固まっているもの。お、落ち着くのよディアンドラ！）

心の中で自らを叱咤激励《しったげきれい》し、おへそにぐっと力を入れ平静を装う。

まっすぐに私の瞳を覗き込んだロバートは甘く微笑み……ゆっくりと、大きな手を伸ばし
――――。


――ポンと私の頭に乗せた。

「タイム」

「えっ！」

「ほら、明日の朝は早いからもう寝るよ」

「ど、どこかに行くの？　ロバート」

「君も一緒に行くんだよ……ヴェリーニ領に。お父上に結婚のお許しをいただかないと」

「あ、そ、そうなのね。じゃ、朝までタイムね」

「いや、朝までじゃない」

「ん？」

「…………結婚式が終わるまでだ」

そう言うとロバートは私の頭をくしゃっと撫でた。

第26話　タイム終了

三ヶ月後、プロポーズから異例の早さで僕とディアンドラは王都の教会で結婚式を挙げた。

「私のことを嫌っている人になんて来てもらわなくていい」と言うディアンドラの意向を汲《く》んで、王都では教会の式だけを行い、パーティーはヴェリーニ領で身内と親しい友人を招待して内輪でやることにした。

ウェディングドレスは、僕が教会式用のものを選び、ヴェリーニでのパーティー用のものはディアンドラが選んだ。ちなみにディアンドラが選んだドレスはフリルがいっぱいのやつ。『たとえ似合わなくたって、絶対にフリルが着たい！』のだそうだ。

僕が選んだドレスはシンプルな無地のドレス。装飾はヴェールと、ひじの下から広がる長い袖のレースのみ。ディアンドラの美しさを最も引き立ててくれるデザインだと思う。

祭壇の前で誓いの言葉を述べた後、ヴェールの下から現れたディアンドラの美しさといったら……！　あまりの感動に、式の段取りを忘れ見惚れる僕をせっつくかのように、雲の切れ間から太陽が顔を出し、光がステンドグラス越しに差し込んだ。

純白のドレスをまとったディアンドラの上に降り注ぐ色とりどりの光。

この世のものとは思えぬ神秘的な光景に参列者がざわめいた。

「君の母上が天国から祝福してくれてるんだよ、きっと」

「…………！」

うっかり口にした僕の一言にディアンドラの涙腺が崩壊する。

「ほ、本当に？　……わ、私、お母様にはずっと……申し訳なくて……うっ」

やばい。薄っすら涙ぐむ程度では収まらなくなりそうだ。

女神のように清らかで神々《こうごう》しい美しさを放ちながら、ディアンドラは大勢の人が見ている前で涙をポロポロこぼし子供のように泣きじゃくった。

身内以外の参列者たちは、そんなディアンドラの姿を見て驚いていたようだ。

僕は今ではすっかり熟練の域に達した『背中トントン』で彼女をなだめる。

生真面目でお人好しで、とっても泣き虫……。

これが——心ない貴族たちが『毒婦』と揶揄《やゆ》した令嬢の本当の姿だ。

可愛いだろ？　でも今更気付いても遅いんだよ。この子は僕のだから……って、僕もまだ予約段階だけど。

さて。いつまでも祭壇の前で泣かせておくわけにもいかない。ここは僕の出番かな。

今ではすっかり効力を失った悪名高き『五秒伝説』。使うたびに、やましさと自己嫌悪に駆られたかつての必殺技。

………ではなく。

僕は溢れる愛しさと、ありったけの優しさを込めてゆっくり中指を曲げると最愛の女性《ひと》の掌をそっと撫でた。

愛してる……言葉だけでは語り尽くせない想いを指に乗せ、親指で手の甲も優しくなぞる。

「!!」

効果はてきめんで、ディアンドラはビクッと身体を強張らせ、涙を瞬時に引っ込めた。

真っ赤な顔をして挙動不審になった様子を見て、吹き出しそうになる。

「言っとくけどわざとだから。……今のも……初めて会った時のもね」

「えっ⁉」

天国のディアンドラの母上のお許しも出たみたいだし（?）もういいよね。ああ、夜が待ち遠しい！

僕はたった今自分の妻になった、大好きな彼女の耳元でそっと囁いた。

「――タイム、終了……」

エピローグ

結婚式から一年が過ぎた。

僕はヴェリーニ領の屋敷でディアンドラと義父と一緒に暮らしている。

ヴェリーニ子爵は過去のトラウマからいまだにきゅうりが食べられない。

王都ともマメに行き来しているが鉄道が開通したらもっと楽になるだろう。

ヴェリーニ領は今、空前の建設ラッシュだ。

鉄道と港ができるのはまだ何年も先だが、商店や飲食店が続々とオープンしている。

新鮮な海鮮を使ったレストランは早くも話題を呼んでいる。


実家を出てヴェリーニ領に向けて旅立つ日の朝、

「ディアンドラを救うことができたのは僕が商人だったからだ。ただの貴族では無理だった。商人の子で本当によかった。ありがとう」

と言ったら、親父の奴、泣きそうになってた。その後照れ隠しのために殴りやがった。

来月にはヴェリーニ領にカルマン百貨店の二号店ができる予定だ。番頭はこちらに来る気満々だ。

前職が盗賊……だったかどうかは分からないが、職を求める人が続々とヴェリーニ領に入って来ている。

反比例するようにラゴシュ領の盗賊被害は減少していて、一安心だ。

畑も、アーデン教授が教えた方法で土壌が健康になったせいか収穫量が激増し、みんな余裕が出てきたよ。

人を雇って畑を任せ、自分はビジネスを始める領民も現れた。

ディアンドラは有閑《ゆうかん》マダムとして家でのんびり……しているはずもなく、領主補佐としての業務の他に、いくつも新しいビジネスを立ち上げ、精力的に働いている。

一年後にはこの国初の共学の教育機関が設立されるはずだ。

僕の五箇条は健在だが、ディアンドラの五箇条は完全に過去のものとなった。

よく笑い、よく泣き、よく甘える今の彼女が愛しい。

可愛さと色気、両方がパワーアップしたディアンドラはもはや無敵だ。

酔っ払った時なんかもう……あまりの可愛さに息が止まりかけた。

絶対に他の男性には見せないけどね、あの姿。

そんな僕だが、他の女の子にはどれだけ誘いをかけられてもまったく反応しないもんだから、王都では相変わらず不能説が通っている。

まあ、何はともあれ僕達は毎日最高に幸せだ。

もし君が
海鮮（特に貝類）が大好物で、
新しい物好きで、
ビジネスで一攫千金《いっかくせんきん》を狙いたかったり、
仕事で正しく評価されていなかったり、
古い因習やしきたりに息苦しさを感じていたりしたら――
是非ヴェリーニ領に

――おいで。

…………きゅうりは売ってないけど……ね。

番外編

寂しがり屋のヒーローは子猫を溺愛する

第1話　ボロボロの子猫

森の中の田舎道をトボトボと歩く男がいた。

斜めがけしたカバンからはスケッチブックがはみ出している。

薄汚れてはいたが、身につけているものは質がよく、そこはかとなく育ちのよさがにじみ出ていた。

王都を出て三日。

ナイジェル・レヴィは当てもなく彷徨っていた。

爵位も財産もこれまでの人間関係もなくなった。

自分の愚かな行動のせいで。

愛する彼女を密《ひそ》かに見つめる権利さえ失ってしまった。

ナイジェルは川岸の木の下に座り、スケッチブックと鉛筆を取り出す。

ササっと素早く鉛筆を走らせ、大好きだったディアンドラの顔を描いた。

何度も繰り返し描いたせいで、今では記憶だけで描けるようになってしまった彼女の顔。

黒く波打つ豊かな髪と真っ赤な唇。

大輪の薔薇のような美しい女性だ。

ナイジェルは自分の描いた絵をしばらく見つめていたが、やがて上着を脱いでスケッチブックを包み、大切にカバンにしまった。


「幸せになれよ。……さようなら」

カバンを木の下に残し、川の中にざぶざぶと入っていく。

死ぬつもりだった。

自分はこの世にいてはいけないのだ。自分の居場所はどこにもない……自業自得だ。

彼が存外安らかな気持ちで速い流れに身を任せようとしたその時。

視界の隅に何かを捉えた。

グニャッとした何かが流れてきて、岩に引っかかったのだ。

気になって目を凝らしてみるとそれは動物だった。

ナイジェルはその動物に近寄り、水の中から掬《すく》い上げる。

小さな黒い子猫だった。ぐったりしている。

慌てて岸に上がり、子猫の後脚の付け根を持って逆さまに持ち上げる。そして二、三度軽く揺すると、子猫は水を吐き出した。

苦しそうにではあるが呼吸が戻りホッとする。

ナイジェルは急いでカバンから先ほど脱いだ上着を取り出し、びしょ濡れの子猫の身体を拭いてやった。

そしてそのまま懐《ふところ》に抱いたまま、荷物を摑むと急いで来た道を引き返す。

来る途中に小さな宿屋を通り過ぎたことを思い出したのだ。


粗末で汚らしい宿だった。

これまでのナイジェルが足を踏み入れたことのない庶民の世界だ。

部屋を取った後で、ナイジェルは自分が一文なしであることに気付いた。

王都にいた頃はお金のことなど気にしたことはなかった。

欲しいものがあれば、支払いは従者に任せ、自分は選ぶだけ。持ち合わせが足りなければ後で従者に届けさせればいい。レヴィ家の信用があるため、ツケでも許された。

しかしここではそんな貴族社会の約束事が通用するはずもない。

「すまない、持ち合わせがないのだが……何か労働で補えないだろうか」

働いて宿代を賄おうとするナイジェルを鼻で笑い、店主は目の前の客を値踏みした。

「そのカフスボタンで二週間。食事付きだ」

目ざとくナイジェルのカフスボタンを見つけた店主はそう言った。

その宝石がついた金のカフスボタンには本当はその何倍もの価値があったのだが、世間知らずのナイジェルは猫が一緒でもいいと言ってくれた店主に感謝し、部屋を借りたのだった。

ベッドと小さなテーブルと椅子が一つずつの粗末な部屋。

トイレもシャワーもない。

「洗面所もないのか……参ったな」

先ほどまで死ぬつもりだったくせに、お坊っちゃま育ちのナイジェルは部屋の質素さに落胆する。

するとドアが小さくノックされた。

開けると、小さな女の子が桶《おけ》を持って立っている。

ちょっとつり目気味の痩せた女の子だった。髪はボサボサで、服も薄汚れている。

「これ……どうぞ」

なるほど。風呂の代わりに桶のお湯を提供するサービスなのか。

「終わったら、この湯はどこに流せばいいのかな？」

ナイジェルが尋ねる。

「私が受け取りに来ますので、ドアの外にでも置いておいて下さい」

洗面所がないから外に捨てるのか……ナイジェルは納得する。

少女はヨタヨタしながら重い桶を部屋の中に運び入れ、ペコリとお辞儀をすると去っていった。

あんな小さな子供が労働していることにナイジェルは驚く。

そして自分がいかに世間知らずだったかを痛感した。

桶のぬるま湯で子猫を洗い、ついでに自分の顔や身体を清め、子猫を包んでいたシャツも洗濯する。石鹸《せっけん》がないのが残念だが仕方ない。

弱々しく震える子猫を懐に抱いてベッドに入り「死ぬなよ」と優しく声をかけた。

祈るような気持ちで根気よく身体をさすってやる。

やがて朝日が窓から差し込む頃には、子猫の身体は温かくなっていた。

子猫は安心したように安らかな寝息を立てている。

「死ななくてよかった」

ナイジェルは腕の中の温かい毛の塊に頬擦りした。

子猫に対して言った言葉なのか、自分自身に言った言葉なのかは分からない。

子猫の温もりと鼓動に、ふと自分自身も生きていること実感する。

なぜだか分からないが、涙が溢れた。

あの事件以来、一切の感覚を失っていたのに。

疲れも空腹も感じず、生きた屍《しかばね》のようになっていた彼は、この毛玉によって現実世界に引き戻されたのだった。


久しぶりに空腹を覚え、眠っている子猫をベッドに残し階下の食堂に向かった。

ついでに昨日使った桶を持って階段を降りる。

水が入った桶はズッシリ重かった。

これをあんな小さな子が持って階段を上がっていたことに驚く。

「おはようございます」

「ああ、お客さん、朝食はあっちに用意できてるよ」

そうぶっきらぼうに言った宿屋の主人はナイジェルの手にある桶に気がつくと、さっと顔色を変えた。

「おいユーニス！　てめえお客さんに桶を持たせて自分の仕事を怠けやがったな！」

そう怒鳴ると、あの小さな少女をナイジェルも見ている前で張り倒したのだった。

吹っ飛んで壁にぶつかった少女はすぐに身体を起こし、

「す、すみません」

そう言うと、ナイジェルの手から桶をもぎ取り部屋を出ていった。

ナイジェルは眉を顰めた。

こんな野蛮な行為を目にしたのは初めてだったからだ。何も殴ることはないではないか。

「すまない、俺が勝手なことをしたのがいけなかった。娘さんをどうか叱らないであげて欲しい」

「あんなの娘じゃあねえ！　ただの穀潰《ごくつぶ》しさ。お情けでここに置いてやってるんだからどうしようと俺の勝手だろう」

宿屋の主人はイラついたように吐き捨てる。

朝っぱらから嫌なものを見てしまった。

ナイジェルはため息をつきつつも、朝食のテーブルに向かう。


生まれて初めて食べる硬くてゴワゴワのパンとカサカサで香りのないチーズ。

野菜のサラダは割とイケた。

かつてのナイジェルのお気に入りの朝ごはんは——サラダにポーチドエッグを乗せ、トリュフを散らしたものと、薄く切ったパンにレバーペーストを塗ったもの。

特にレーズンやイチジクを焼き込んだ少し甘いパンとレバーペーストの塩気の組み合わせが最高だ。

紅茶はストレート派だ。少し青臭い夏摘みの茶葉が好きだった。

この宿屋には当然紅茶などない。

飲み物は酒か、水か、ミルクの三択である。

「ミルクを部屋に持って行ってもいいかな？」

子猫にあげようと思ったナイジェルは主人に尋ねた。

「ああ勝手にしろ」

衰弱している子猫はミルクを上手に飲めなかったので、ナイジェルはハンカチに浸して一滴ずつ与えた。

子猫はミルクを飲んでは眠るを繰り返し、少しずつ元気を取り戻していった。

ナイジェルは毎晩子猫を抱きしめて眠る。

毛玉はふわふわで温かくて柔らかく、ナイジェルの心の傷をちょっぴり癒やしてくれる。

することがないナイジェルは、子猫を連れて宿の周辺を散策したり、日向《ひなた》ぼっこをしたりして毎日を過ごした。

こんなに何もしないで過ごすのは生まれて初めてだ。

時々あの少女が仕事の合間に話しかけてくる。

子猫が気になるようで、触らせてあげたらものすごく嬉しそうな顔をした。

少女から聞き齧《かじ》った話によると、彼女は捨て子だったのを拾われたらしい。

宿屋の主人は恩着せがましく育ててやっていることを自慢するが、孤児院にでも預けられたほうがこの子は幸せだったのではないかと、朝から晩までこき使われている少女を見てナイジェルは思う。

「この猫の名前は何というの？」

ある日少女は尋ねた。

「そうだな。そろそろこいつの名前を考えなきゃいけないいな」

ナイジェルは子猫に名前をつけることにした。

子猫の真っ黒で艶やかな毛は、かつて愛した黒髪の女性を思い出させた。

「ディ…………ディー。うん、ディーにしよう」

かくして子猫の名前はディーに決まった。

『ディー』

そう呼ぶ時のナイジェルの声は優しい。

少女はその様子をじっと見ていた。

◇◇◇

ナイジェルがこの宿にやってきてから二週間が過ぎた。

あのカフスボタンで泊まれる期間も終わり、移動することに決める。当てはないけど。

宿を出る日、朝食を食べ終わって部屋に戻ったらディーがいない。

見たら窓が開いている。

ディーが窓から外に出ることは何度かあった。

でも夜眠る時間になるとちゃんとナイジェルのもとに戻ってくる賢い猫なのだ。

ただ、その日は午前中に宿を出なければいけない。

ナイジェルはディーを探して宿の外をぐるっと回る。

裏手の物置きの陰から誰かのすすり泣きが聞こえてきた。

その声がするほうへ行ってみると、ディーを抱きしめながら泣いている少女が一人。

「…………！」

少女の手足にはミミズ腫れのような赤い痕《あと》が複数付いている。

あれは……鞭《むち》で打たれた痕だ。

ナイジェルも子供の頃、物覚えが悪いと家庭教師に鞭で打たれることがあった。

手を一度ピシャリとされるだけだったが、それでも十分痛いのだ。

この少女のように身体中鞭の痕だらけになるなどあり得ない。

「君……大丈夫？　何があった？」

「き、汚い水が入った桶を……階段から降りる時、転んで……こ、こぼして」

少女は痛みと恐怖で震えながら泣いていた……ディーを抱きしめて。

ナイジェルはショックを受けた。

こんな小さな子になんという ひどい仕打ちをするのだろう。

大体この子はあの重い桶を持つには小さすぎるのだ。

少ない荷物をまとめ終えたナイジェルは、猫と少女を連れて宿屋の主人のもとへ行った。

「……あの少女を俺に譲ってもらえないだろうか？」

宿屋の主人は目を見張り、こんな厄介者を連れて行ってくれるならありがたいと快諾しようとして……考え直した。もっと踏んだくれるかもしれないと思ったのだ。

「タダでは無理ですよ旦那。うちも働き手がいなくなるのは損失ですからね……へへ」

「……しかし……俺も持ち合わせは……」

宿屋の主人はナイジェルを貴族だと思っているのだろうが、あいにく平民になったため自由になるお金はない。

宿屋の主人は下卑《げび》た笑いを浮かべとんでもないことを言った。

「こんな役立たずでも、成長すればそのうち客を取れるようになるでしょうから、そこんとこも考慮してくれねえと」

ゾッとした。

この品性のかけらもない宿屋の主人に対し、激しい憤《いきどお》りを感じる。

怒りのあまり、ナイジェルはつい上着のポケットの中のそれを取り出してしまった。

一生手放すつもりはなかったそれを——。

「ひっ…………」

宿屋の主人は驚きのあまり言葉を失った。

少女も口をあんぐり開けてそれに見入っている。

あり得ないほどの巨大なダイヤモンドがついた指輪。

王族でもそう簡単には入手できない高価な品だ。

こんな寂れた宿屋の主人が一生目にすることもできないお宝。

かつてナイジェルがディアンドラにプロポーズするために購入した指輪だった。

宿屋の主人が一生かかっても稼げない金額どころか、人生五回分遊んで暮らせるくらいの価値がある。

「これで文句はないだろう」

ナイジェルは指輪を主人の手に押し付けると、少女と猫を連れて出ていった。

「あ、後から返せって言うのはなしですぜ？」

背後から主人の嬉しそうな叫び声が聞こえてくるが無視する。

「いいの？　あれ、ものすごく高価なものなんでしょう？」

少女が心配そうに聞いてくる。

ナイジェルは少女に手を差し出した。

「俺、一文なしになっちゃったけど。一緒に来るかい？」

少女はにっこり笑って、傷だらけの小さな手でナイジェルの手を摑んだ。

「野宿でも猫が温かいから大丈夫じゃない？　川の水もあるし、私、木の実採るの上手いのよ」

まさかこの子は木の実で飢えを凌いできたのではあるまいな、とナイジェルはちょっと心配になった。

第2話　家庭教師

ナイジェル達は数日かけて小さな村に辿り着く。
そこで運よく、地元の男爵家の息子の家庭教師の職を見つけることができた。
住み込みである。
交渉の末、少女も小間使いとして雇ってもらえることになり、一安心だ。
少女はナイジェルの妹ということにしておく。
少女はユーニスという名前だった。
あの宿屋の主人が適当につけた名だが。
八歳だと言うが、捨て子だったため正確な誕生日は分からない。
生後間もなく捨てられていたところを、宿屋の主人に拾われたそうだ。

大した期待もなくナイジェルを家庭教師に採用したこの家の主人は驚いた。
このどこの馬の骨とも分からない男の教養レベルがあまりに高かったからだ。
代々官僚を務めるレヴィ家は教育熱心な家系だった。
ナイジェルも幼い頃から最高の教育を受けてきたのである。

そんなわけで、田舎の男爵家の息子の家庭教師なんてお茶の子さいさいであった。

文学、歴史、算術、化学、芸術、ダンスからマナーまでオールマイティーだ。

乗馬もできればバイオリンとピアノも弾ける。ナイジェルは自分の持っている知識を惜しげもなく与えた。

ユーニスにとっても小間使いの仕事は楽勝だった。

重いものは持たなくていいし、おやつの時間まであり、牛馬の如くこき使われていた以前の生活に比べたら天国だ。

子猫のディーも赤いリボンを結んでもらい、屋敷のみんなに可愛がられている。

但しディーはとても気まぐれな猫だ。

機嫌のいい時にしか触らせない。

「ディーったら、ナイジェル様に命を助けてもらったくせに」

と、ナイジェルにも平気で爪を立てる猫を見て少女が呆れると、

「いいんだ。媚びなくて我儘なところが好きなんだ」

とナイジェルは嬉しそうに笑った。

◇◇◇

ナイジェルとユーニスは広くてゆったりした客間を与えられており、二人で使っていた。

毎日朝食と夕食は自室で二人で食べる。

これまでまともにナイフやフォークを使ったことがなかったユーニスに、ナイジェルは根気強くテーブルマナーを教えた。

生まれてからずっとあの宿屋の主人と客しか知らなかったユーニスは、ナイジェルの食べ方が綺麗なことに驚く。

そして自分もそうなりたいと一生懸命練習した。

毎晩食事の後、ナイジェルはユーニスに色々なことを教えてくれる。

文字の読み書きやダンス、そして世の中の基本的な仕組みやルールなど。

決して怒ったり、声を荒らげたりせず常に優しい。

屋敷に来たばかりの頃はガリガリだったユーニスも次第にふっくらと健康的になり、よく笑うようになっていった。

男爵家の息子はユーニスより三歳年上で、一人っ子の彼はユーニスのことを妹のように可愛がり、二人は仲良く一緒に遊んだ。

遊ぶ、ということを知らずに育ったユーニスは男爵家の子供部屋のおもちゃに目を輝かせた。

ナイジェルはよく暇な時にスケッチブックに絵を描いた。

彼は大抵綺麗な女の人の絵を描いていた。

女王様のように綺麗な黒髪の女の人。

そしてナイジェルはいつも描き上がった絵を切ない表情で見つめるのだ。

それがユーニスにはなぜか面白くなかった。

子供心にも絵の人物がナイジェルにとって特別な人であることを感じ取ったのかもしれない。

「私の絵を描いて」

ある日、ユーニスはそうナイジェルにねだってみた。

「いいとも」

ナイジェルは二つ返事で承知し、ユーニスの顔を描き上げる。

「わあ！　すごいそっくり！」

ユーニスは大喜びだ。

それからというもの、ユーニスは毎日ナイジェルに自分の絵を描くようせがんだ。

優しいナイジェルは、嫌な顔一つせず、せがまれるままに描いた。

◇◇◇

四年の月日が流れた。

黒猫のディーが肺炎を拗《こじ》らせ死んだ。

初めは風邪かな？　と思ったそれは徐々に悪化し、だんだん餌も水も飲まなくなり、最後は静かに息を引き取った。

屋敷中のみんなが心を痛めたが、ナイジェルの悲しみ方は尋常ではなかった。

男爵夫人が庭の片隅にディーのお墓を作ってくれた。

ナイジェルは長いことその前で一人泣いていた。

その日の夜更け。

ユーニスはムクっと起き上がり、自分のベッドから降りた。

そしてナイジェルのベッドまで歩いて行き、潜り込む。

「どうした？　怖い夢でも見たのか？」

「違う。ナイジェル様が泣いてるかと思って心配で来たの」

ほぼ図星だったので、ナイジェルは苦笑いした。

二十三歳の男が十二歳の少女に慰められようとしているのだから。

ディーは機嫌が悪い時はナイジェルのことも容赦なく引っ掻くくせに、眠る時だけは当たり前のようにナイジェルのベッドに潜り込む気まぐれな猫だった。

ナイジェルの胸はディーが眠る時の定位置だった。

「俺はディーがいなかったらとっくに死んでいた」

ナイジェルは自殺しようとしていた時にディーが流れてきたことを打ち明ける。

ユーニスはナイジェルの過去を知らない。

だけどナイジェルがディーを通して他の誰かを見ていることは薄々勘付いていた。

「私がディーの代わりになるから、泣かないでナイジェル様」

そう言ってユーニスはナイジェルの背中に抱きついた。

それから毎晩、ユーニスはナイジェルのベッドで眠るようになった。

◇◇◇

そして一年後。ユーニスが十三歳になったある日。

仕事中、なんとなくお腹が痛くなってトイレに行ったユーニスは下着に赤い血がついているのを見てびっくり仰天した。

慌てて先輩メイドにそのことを伝えたら、先輩達は笑って優しく説明してくれた。

おめでとう。これは病気ではないから怖がらなくていいのよ。女の子が大人になった印なのよ——。

ユーニスが初潮を迎えた件は男爵夫人経由でナイジェルの耳にも入った。

「おめでとう。大人の女性の仲間入りだね」

ユーニスはちょっと照れ臭くてモジモジしている。

「もう、俺のベッドに潜り込んではダメだ。今日からちゃんと自分のベッドで寝なさい」

「えっ！　どうして」

「大人の淑女はちゃんと自分のベッドで寝る決まりだから」

ナイジェルは真面目な顔で、ユーニスを諭すように言う。

「いいかい？　これからは結婚したいくらい好きな人以外には身体を触らせたり、見られたりしてはいけないよ」

「どうして？」

「どうしても。そうしないと好きな人と結婚できなくなるよ」

ユーニスにはナイジェルの言うことが理解できない。

「私ナイジェル様と結婚できる？」

「子供だから無理」

「じゃあ同じベッドで寝てもいい？」

「ダメ」

「なんでよ。おかしいわ」

説明に困るナイジェル。

「じゃあ、私がもっと大人になったらナイジェル様と結婚できる？」

「その頃は俺は別の人と結婚してるかもよ」

「じゃあもしナイジェル様が誰とも結婚していなかったらできる？」

「とりあえず簡単に身体を触られたり見られたりしないこと！　分かったな？」

「じゃあもし私がもっと大人になってナイジェル様も結婚してなくて、それまで誰にも身体を触らせたり見られたりしなかったら結婚してくれる？」

ナイジェルはユーニスのしつこさにげんなりした。

「ああもう！　はいはい分かったから。早く寝ろ」

「じゃあ寝るから私の絵を描いて」

もはや日課となったユーニスの似顔絵描き。

ナイジェルはささっと数秒で何も見ずに完璧に描いてみせた。

◇◇◇

男爵家の息子は、五年にわたるナイジェルの指導のもと、立派な青年に成長した。

こんな田舎にいながら、王都の名門貴族にも引けを取らない教養を身につけられたのはナイジェルのおかげだと男爵夫妻は心から感謝した。

今後男爵家の息子は父親の元で領地の運営を学び、社交シーズンには王都に滞在する生活を送ることになる。

ナイジェルの家庭教師としての役目は終わりだ。

ユーニスはまったく気づいていないようだがナイジェルは気づいていた。

男爵家の息子が眩しそうにユーニスを見つめていることに。

十一歳だった彼は十六歳の立派な青年になった。

十六歳……初めて会った時のディアンドラの年齢と同じだ。

ユーニスは十三歳になった。

まだまだ子供だが、読み書きやマナーなど、貴族の娘と比べても遜色ないくらいの教養は身につけられたとナイジェルは思っている。

男爵夫妻は善良な人達だ。

お礼がしたいと言う夫妻の言葉に甘えて、ナイジェルは一つ頼み事をすることにした。

「俺はここを離れますが、ユーニスはこのままこちらで雇っていただけませんでしょうか？」

そして年頃になったら、いい縁談を紹介してやってほしいと頼んだ。

ユーニスはナイジェルの妹だと信じている夫妻は二つ返事で承諾する。

さらにナイジェルの予想通り、自分達の息子とユーニスの縁談について打診してきた。

平民で孤児だったユーニスが男爵夫人になれるのだ。

しかも夫となる青年は彼女を愛しているし、義父母も優しい人達だ。

ユーニスにとってこれ以上の良縁はないと思われた。
自分は爵位を剝奪された上に前科者だ……ナイジェルは考える。
自分の存在はユーニスの将来にとっては邪魔になるだけだと。
ナイジェルは彼等にユーニスを託し、彼女の前から姿を消した――。

第3話　心の中にはいつも君がいた

ナイジェルは家庭教師や似顔絵描きをしながら、街から街を転々とした。

旅をしながらユーニスのことをよく思い出した。

スケッチブックを開くと無意識にユーニスの顔を描いてしまうのだ。

成長したユーニスの姿を想像してみる。幸せになっていることを願いながら、なぜか胸がちくりと痛んだ。

◇◇◇

さらに四年の月日が経った。ナイジェルは二十八歳になった。

ある日、ユーニス以外の何かを描こうと決め、ふとディアンドラのことを思い出した。

あれほど恋い焦がれていたディアンドラのことをもう何年も忘れていた自分に驚く。

鉛筆でささっとディアンドラを描いてみる。

ところが描き上がった絵はどう見ても、ディアンドラのコスプレをしたユーニスだ。

あれ？　もう一度描いてみる。

おかしい。何度描いてもユーニスの顔になってしまう。

五年間、ほぼ毎日ユーニスの顔を描かされていたせいだろうか。

記憶で書こうとするとユーニス以外の顔が描けないことに愕然《がくぜん》とする。

いつの間にかディアンドラの顔が描けなくなっていたのだ。

「はは…」

なんてことだ。

自分は黒猫のディーにまでディアンドラを重ねていたはずではなかったか。

一体いつの間にそれがユーニスに取って代わられたのだろうか。

ふと、ユーニスが今どうしているのか気になった。

もう十七歳になっているはずだ。

結婚して幸せにやっているだろうか。

ナイジェルは四年ぶりに男爵家を訪ねてみることにした。

ユーニスの幸せをこっそり確認したら、さっさと去るのだと自分に言い聞かせて。


ところが、男爵家でもたらされた知らせは予想外のものだった。

「一年前に結婚を前提に付き合いを申し込んだら、出て行ってしまったんです」

男爵家の息子は肩を落として言った。

「まさか、君、無理矢理迫ったりしていないか？」

「とんでもありません！　手すら握らせてもらえませんでした」

ユーニスはナイジェルから連絡が来るのを男爵家でずっと待っていた。

しかし結婚の申し込みを断ってしまったので、さすがにこのまま男爵家に居座り続けるのが申し訳なくなったのだろう。

ユーニスは王都へ行くという書き置きを残して出ていった。

ナイジェルから連絡が来たら、王都にいることを伝えて欲しいと書き添えて。

男爵夫妻はがっかりしていた。

ナイジェルは心配になる。王都は危険がいっぱいだ。

田舎娘を騙して食い物にする奴が至るところにいるのだ。

いても立ってもいられなくなり、ナイジェルは九年ぶりに王都へ向かった。


自分の過去を知る者がたくさんいる王都。怖くて九年間ずっと避けていた。

知り合いに会ったら格好の噂の対象になりそうだ。

が……。

実際に戻ってみるとまったく知り合いに会わなくてホッとした。

高級な洋服に身を包んだ青白く傲慢な貴族の面影はもうない。今のナイジェルは質素な身なりの日焼けをした平民だ。街で会っても分からないのかもしれない。

あるいは単に貴族社会の一員でなくなった彼に誰も興味がないだけか。

九年ぶりの王都の、予想外の気楽さにすっかり気をよくしたナイジェルは、道端で似顔絵描きをして宿代を稼ぐことにした。

『似顔絵描きます』と書いたプラカードを首から下げ、スケッチブックを持って街角に立った。

さすが王都は人口が多いだけあって、すぐに似顔絵を求める客がやってきた。

「はい、すぐできますので少々お待ち下さい」

そう言ってスケッチブックに鉛筆を走らせていると——


「見〜つけた！」


顔を上げると、スラリとした美しい金髪の美女が立っているではないか。

少しつり気味の勝ち気な瞳がまっすぐにナイジェルを見据える。

誰だか分からないが、美しい。

ナイジェルはしばらく見惚れていた。

「お久しぶりですわね、ナイジェル様」

金髪美女はにんまりする。

「えっ⁉」

信じられないことに……ユーニスであった。

◇◇◇

「どうぞ」

ユーニスが慣れた手つきで紅茶を淹れ、ナイジェルに勧める。

王都の商業地区。小さな店舗の二階にあるユーニスの家。

四年ぶりの再会を祝し、ユーニスの部屋でゆっくり語らおうということになったのだ。

ユーニスは王都に出てから、お針子として働いていたのだと言う。

最近やっと独立して、個人で仕事をもらって食べていけるようになったそうだ。

ナイジェルは感心して部屋を見渡した。

一階の工房に入りきらない布地や、客から預かった繕いものが所狭しと置かれている。

ベッドとテーブルと椅子、そして戸棚とタンス。こぢんまりしてはいるが、一通りのものは揃っているようだ。キッチンは一階の奥にあるらしい。

あの小さな少女が、経済的に自立した大人の女性になった……。感慨深いものがある。

(この部屋を訪ねてくる恋人の一人や二人いてもおかしくないな)

四年ぶりに会っていきなりそんな個人的なことを聞くの憚られるが、気になってついつい男性の痕跡がないか無意識にチェックしてしまう。

予想以上に綺麗になったユーニスを前にナイジェルは気が気ではない。

(これは王都の男どもが放っておくはずない……。悪い男に言い寄られていないといいのだけど)

「なんで男爵家を出ていったんだ？　貴族になれるチャンスだったのに」

ナイジェルは一番疑問に思っていたことを尋ねる。

「だって私はナイジェル様と結婚するんですもの」

ユーニスはさも当たり前のように言った。

「は？」

「言いましたよね？　私が大人になって、誰にも身体を触らせず、ナイジェル様も他の人と結婚していなかったら……って」

「それは……」

ナイジェルは絶句した。

言った。確かに言った……けど。

「私を探しに王都に来て下さったんでしょう？　その気がないとは言わせませんよ」

ユーニスが心配で王都まで追ってきたのは確かだ。だけど……。

「大体ナイジェル様が『身体を触られたり見られたりしたら好きな人と結婚できなくなるよ』なんて脅すから、恋人も作れなかったんですよ私！」

「す、すまない」

「いいんです。だって私も意地悪なことしましたから」

「ん？」

「ナイジェル様……記憶で誰かの顔を描こうとすると、全部私の顔になったりしません？」

悪戯《いたずら》っぽくナイジェルを見上げて笑う。

あの頃のユーニスはナイジェルがディアンドラの顔ばかり描くのが気に入らなくて、記憶の上書きをしてやろうと思ったのだ。だから毎日毎日自分の絵をねだった。

そして思惑通りナイジェルの心に住み着くことに成功したのだった。

ナイジェルは四年間、一日たりともユーニスを忘れることができなかったのだから。

「お、俺は……育ての親としてお前が心配だっただけだ。俺から見ればお前はまだまだ子供で恋愛の対象ではない」

ユーニスがジロリとナイジェルを睨んだ。

「あらそうですか。それならそれで結構ですわ。昔のように同じベッドで眠らせていただくまでですから。子供として」

ユーニスは立ち上がりナイジェルの背後にやってきた。

「こんな風に昔のように背中から抱きついて眠りますわ、ええ、ぐっすりと」

そう言うとナイジェルの背中に抱きついた。

背中越しに伝わる柔らかな感触にナイジェルは動揺する。

ユーニスは意地悪く、ナイジェルのお腹に回した手でぺたぺたと身体を触りまくった。

「こ、こら、やめないか」

「嘘つきですわね、ナイジェル様。昔はこんなになっていなかっ……」

「言わなくていい！」

健康な男性の生理現象を指摘され、ナイジェルは赤面した。

ナイジェルはため息をついた。

「ずっと内緒にしてたけど……俺は前科者なんだよ」

「それがなんだというのです」

ユーニスはキッパリと言った。

「たとえ世界中の人にとってあなたが前科者でも――私にとってはヒーローです」

ヒーロー――そう、あのひどい場所から私を救い出してくれた。

初めて会った時からユーニスはナイジェルが大好きだった。

「今の君ならもっといい人が見つかるだろう？　だから……」

ナイジェルは大人になったユーニスに急速に惹かれていく自分を感じながらも、必死でその気持ちを押し殺そうとしていた。

　自分は地位も財産もない平民だ。彼女を幸せにできる自信がないのだ。

　ユーニスは眉を落とし口を尖《とが》らせる。

「仕方ないじゃないですか。最初に私を救い出してくれたのも、最初に色々なことを教えてくれたのも、最初に優しくしてくれたのも全部あなただったんだから。好きになっちゃったんだから、もう他の人なんて目に入らなくても仕方ないじゃないですか」

「……でも、俺は君に何も買ってあげられない。ドレスも宝石も」

「宝石ならもういただいています」

「え？」

「宿屋で私のために、あんな高価な宝石を迷いもせず手放してくれたじゃないですか」

　あの時からあなたは私のヒーローなんですよ――。

　そう言ってユーニスはにっこり微笑んだ。

「…………………っ」

　本当に自分なんかが幸せになってもいいのだろうか。

　ナイジェルは心の中に残った最後のひとかけの理性で自問自答する。

「ヒーローと言ってもらえるのは嬉しいけど、君は保護者としての俺しか知らないじゃないか。俺……恋人にしたらかなり鬱陶《うっとう》しい男だよ？」

「そうですか？　構いませんよ」
誰か自分を止めてほしい。彼女に触れるのが怖いのだ。
もし一度抱きしめてしまったら二度と引き返せなくなる。
自分はきっと彼女に溺れてしまうだろう。
「愛がメチャクチャ重たい上に独占欲も死ぬほど強いんだ」
本当に俺なんかでいいのか？　いいわけないだろ。
心では自分を否定し続けるも、身体が勝手に動いてしまう。
まるで磁石に引き寄せられるように――。
ナイジェルはゆっくりと手を伸ばし、ユーニスの髪に触れた。
昔より随分と長くなった絹糸のような髪を掬って遠慮がちに指を通す。
「ふふ。どうぞ。私のほうこそ翻弄させて楽しませていただきますわ」
ナイジェルは人を愛するのも人に愛されるのも下手だ。
そのくせ寂しがりやで繊細。
過去にひどく拒絶された経験が、彼をさらに臆病にする。
ナイジェルは恐る恐るユーニスの腰に腕を回す。
壊れ物を扱うようにそっと。
そしてぎこちない様子で触れるだけの軽い口づけを落としてみた。

ユーニスは頬を染め潤んだ目でナイジェルを見上げる。

そして睫毛を伏せると、しっとりとした柔らかな唇を少しだけ開いて。

甘えるような優しいキスをナイジェルに返したのだった。

ナイジェルの心に温かいものが広がる。

初めてだった……こんな風に受け入れてもらえたのは。喜びと自信が彼を満たす。

ナイジェルはユーニスを力強く抱きしめ、再び彼女の唇に自らの唇を重ねた――。

◇◇◇

翌朝、ナイジェルの胸に顔を埋めて眠っていたユーニスは目を覚ますと嬉しそうに言う。

「このポジション。私いつもここで眠っているディーが羨ましかったんです」

黒猫のディーはいつもナイジェルの懐で眠っていた。

「ディーが死んだ時に、私がディーの代わりになるって言ったのに、ずっと背中側だったから」

口を尖らせるユーニスを見て、ナイジェルがクスっと笑う。

「君、寝相《ねぞう》が悪かったから、背中を向けてると夜中にベッドから落ちそうで心配だった」

だから、実はユーニスが眠ってからは身体の向きを変えて腕の中に抱えて眠っていたことを
白状する。

もっとも、ユーニスがベッドから落ちそうだったからというのは口実だ。

黒猫のディーが懐からいなくなった寂しさから安眠できなくなったナイジェルが、ユーニスに縋《すが》っていたのだった。

認めたくはないがナイジェルは寂しがりやなのだ。一人寝は大嫌いだ。

目覚めた時に腕の中に誰かがいる。

ナイジェルが一番幸せを実感する瞬間だ。

今朝はユーニスの寝顔を眺めながら、幸せすぎてちょっと泣いてしまった。

みっともないから彼女には内緒だが。


まだ夢を見ているような気分だ。

八歳だった傷だらけの痩せた少女がこんなにも美しい十七歳の娘に成長した。

まるで蛹《さなぎ》が蝶《ちょう》になったみたいだ。

「……綺麗になったな、ユーニス」

眩しそうに彼女を見つめ、そっと頬を撫でる。

「俺のものだなんて……夢みたいだ」

自分の愛が重すぎて、彼女に嫌われたらどうしようと心配しつつも、ユーニスを抱きしめその柔らかさと甘い香りに酔いしれる。

自分を見つめるナイジェルの熱っぽい眼差しにユーニスは大いに満足した。

四年前はまるっきり相手にされなかったのだから。

ユーニスにとってナイジェルは初恋の人だ。

十年近くかかったが、ようやく一人の女性として見てもらえたことが嬉しかった。

十一歳も歳が離れた二人だったが、幼い頃から苦労してきただけあってユーニスは逞しかった。

恋愛において、主導権は完全にユーニスにあり、ナイジェルはうまく転がされていた。

二人で街を歩くと、ユーニスの美しさに男性の視線が集まる。

ナイジェルは気が気ではなかった。

彼はもともと恋人は家に閉じ込めて誰にも見せたくないタイプの男なのだ。

「ユーニス、外に出る時はもっと露出の少ない格好にしなさい」

あれこれうるさく口を出すが、ユーニスはナイジェルの言うことを一切聞かない。

むしろうるさく言われれば言われるほど、逆に肌が見える服を来て、見せつけるように外を歩きナイジェルをハラハラさせた。

ナイジェルがユーニスの機嫌を損ねるようなことをすると「お触り禁止令」が一方的に出される。

ユーニスは懇願するナイジェルを焦らしに焦らした後、一転して天使のように可愛く甘えてみたりと、ナイジェルをとことん翻弄した。

翻弄されればされるほどナイジェルはユーニスに夢中になった。

「十年越しで練った対策を舐めないで下さい」

ユーニスは小悪魔のように笑う。

ナイジェルは我儘で気の強い女性が好きなのである。それをユーニスはよく理解していた。

ユーニスのお手本は黒猫のディーだ。

ディーは可愛がってくれる飼い主に平気で爪を立てるような恩知らずな猫だった。

そんなディーに引っ掻かれ、嬉しそうにしているナイジェルをユーニスは見てきたのだ。

そして……ユーニスのナイジェル操縦法は恋愛においてだけに留まらなかった――。

第4話　猫の皮を被った虎

カルマン男爵夫人は百貨店の執務室で頭を抱えていた。

三ヶ月後に立ち上げるはずの新規事業が壁にぶつかっているのだ。

もう既《すで》に告知もしてしまった。こんなところで頓挫《とんざ》させるわけには行かない。

カルマン夫人はカルマン商会の会頭の妻だ。

三人の子供は皆成人し、それぞれの立場からカルマン商会を支えている。

中でも長男のロバートが中心となって近年参入した鉄道事業は好調だ。

それでも夫人は衣料品店だった頃の名残か、今でもアパレル分野が一番好きである。

そして子育ても終了した今、長年温めてきたアイディアを自ら実行に移すことにしたのだった。

二十年以上前からお客様から要望の声が多かった「ニコラ様のようなドレスが欲しい」……を新しいビジネスにしたいと考えた。

ニコラ様——嫁いでからはニコラ・バーンホフ侯爵夫人、は王都では有名なファッショニスタである。

いつも素敵な格好をしていて、王都の令嬢達の憧れの的だ。

貴族はドレスをオーダーメイドで仕立てるのが一般的だが、この夫人は注文がとてもうるさい。

通常のオーダードレスは、決まったモチーフやデザインを自分の好きな布で作らせ、仮縫いでサイズを合わせて終わり。

ところがニコラは既存のモチーフやデザインではなく、自分で考えたデザインで作らせるのである。

そして仮縫いの時に

「そこもう少しタイトにして！」

「裾、気持ち短く！」

「この部分だけ、あの布で切り返しにして、上に透ける同系色を重ねて」

延々と細かい指示が飛ぶ。

お針子泣かせなのだが、でき上がったものは毎回素晴らしい。

お針子はあくまで「縫う人」だ。縫い目の綺麗さや、速さ、刺繍の技術などでその価値が決まる。デザインを考える人ではないのだ。

カルマン夫人はニコラのセンスを販売したいと思った。

布地の値段やお針子の手数料とは別に、「ニコラ様の考えたドレス」という付加価値をつけ、高値で販売しようと考えたのである。

この国にはまだ存在していない「ブランド」ビジネスをカルマン夫人は思いついたのだった。

看板に『ニコラ・バーンホフ』の名前をそのまま掲げ、カルマン百貨店内にコーナーを作る。サンプルをいくつも展示し、それを個人のサイズに合わせるセミオーダーメイドにしてはどうだろう。

ドレスだけでなく、靴やアクセサリーもニコラテイストのものを取り揃え、誰でも憧れのニコラ様っぽくなれる店として宣伝するのだ。

これは当たる。自信があった。


ところが……だ。

バーンホフ侯爵夫妻の了承も得て、いざドレスを作る段階になったら予想外の問題が生じた。ニコラの説明を元にお針子がサンプルを作っても、ニコラが思い描いていた通りの物ができないのだ。

ニコラの説明が抽象的すぎるのが原因だった。

「妖精の羽のようにふわっと」とか「悪戯な天使が飛び跳ねたようなふっくらした袖」のような表現ではお針子には通じない。

彼女達は職人であって詩人ではないのだから。

かと言って実際に夫人のドレスを作る時のようにすべてを仮縫いしながら調整していたので

は時間がかかりすぎて、種類が少ししか作れない。ワンシーズン最低でも二十種類のドレスがなくては商売として成り立たない。

行き詰まって途方に暮れていたところにユーニスが訪ねて来た。

ユーニスはカルマン百貨店の元お針子で、最近独立したばかりだ。カルマン百貨店は今は彼女に外注という形で仕事を依頼している。

「カルマン夫人、こんにちは。ニコラ様のドレスの件でご相談があるのです」

「あらユーニス。でもあなた前回チャレンジしたドレスはボツだったわよね？」

そう、ユーニスも他の大勢のお針子と共に、ニコラの説明を聞いてドレスを作った一人であった。

しかしでき上がったドレスを見たニコラに「違うわ。私が言いたかったのはこういうことじゃないの」と却下されてしまったのだった。

「ニコラ様のデザインを具現化する方法を見つけました」

ユーニスが自信たっぷりに言う。

「それを確認するためにニコラ様に面会したいのですが、アポをお願いできますか」

カルマン夫人は半信半疑ではあったが、今は藁《わら》にでも縋りたい状況なので了承した。

するとユーニスはとんでもない要求をしてきたのである。

「ニコラ様の問題が解決した暁には、縫製はうちと独占契約を結んでいただきたいのです。そしてニコラ様商品の売り上げの四割を要求します」

カルマン夫人はびっくりした。

「な、何を言い出すの。そんなことできるわけないでしょう？」

ユーニスは食い下がる。

「お針子としてではなく、ビジネス・パートナーとしてお願いしております」

「まあ、まずはニコラ様の望むドレスができるのかどうかの確認が先ね。他のことはそれからよ」

カルマン夫人はユーニスをまったく相手にしていなかった。

ユーニスは夫人にとって、たくさんいるお針子の一人に過ぎなかったのだ。


数日後、カルマン夫人とユーニスはバーンホフ侯爵の屋敷に向かう。

ユーニスは婚約者だという男性を伴って現れた。

バーンホフ家の客間でニコラと向かい合ったユーニスは持参したドレスを取り出した。

「先日おっしゃっていた『レドの詩に出てくる白百合《しらゆり》の乙女が着ていそうな、裾にレースがついたドレス』をお持ちしました」

カルマン夫人は目を見張った。見たこともないようなデザインだったからだ。

斬新なデザインのドレスだった。袖に部分的にスリットが入っていて、デコルテは隠れているのに、肩の先だけチラリと見えるようになっている。

スカートは百合の花びらのように、複数の細長い布が重なり合うようについていて、下には細かいプリーツが入ったオレンジ色の生地が覗いている。

「そう！　これよこれ！　これが白百合の乙女のドレスなの」

ニコラが嬉しそうに手を叩いた。

カルマン夫人は動揺した。

「どうして、あの説明でこのデザインを思い付いたの？　この肩のデザインは一体……」

「詩の中で、乙女は肩に傷を負い、そこに朝露がこぼれるんだそうです」

ユーニスは肩をすくめる。そして一枚の絵を取り出し、カルマン夫人に見せた。

「これは……！」

このドレスのデザイン画だった。

「彼が描きましたの」

ユーニスは得意げにナイジェルに視線を向けた。

「あら……!?　ナイジェル？　あなたナイジェルよね、レヴィ侯爵家の」

ニコラがナイジェルに気が付いた。

ナイジェルの父、レヴィ元侯爵はその昔バーンホフ侯爵とライバル関係にあった。

パーティーなどで顔を合わせる機会も多かったのである。

「ニコラ様ご無沙汰しております」

ナイジェルが改めて優雅に挨拶をする。

身なりは平民なのに、所作は貴族らしく美しかった。

「あなた絵がお上手なのね。私のイメージ通りのドレスだわ」

ニコラが感心する。

「勇者が白百合の乙女の肩に口づけする場面をイメージされたのですね」

ナイジェルが楽しそうに言う。

貴族の間で昔大人気だった詩があった。

その中で白百合の乙女が愛する勇者を庇って肩に傷を負い、そこに勇者が口づけをし、永遠の愛を捧げるという一節があるのだ。

貴族の若い男性が勇者の真似事をして恋人の肩に傷に見立てたキスマークをつける。

そんな悪戯が流行ったことをニコラとナイジェルは知っていた。

「勇者ごっこ、いまだに夜会でやってる人達たくさんいるのよ」

「この肩のデザインいいですね。口づけをするのも、その跡を隠すのにも便利だ」

このドレスは肩のスリットをちょっと開いてキスマークをつけることができる上、つけられたキスマークを隠すのにもちょうどいいデザインになっているのだ。粋《いき》でちょっぴり色っぽい、ウィットに富んだデザインだ。

ニコラとナイジェルは楽しく会話が弾んでいるようだが、カルマン夫人とユーニスにはさっぱり分からない。

「ユーニスの彼は貴族なの？」

カルマン夫人が尋ねる。

「いえ今は平民です」

この国では貴族と商人では受ける教育が違う。商人は実学が中心なのに対し、貴族は文化芸術などを含む多方面の教養を求められる。お針子はそもそも教育を受けていない人が大半だ。

ニコラの抽象的な説明を理解できるのは同じ常識を共有している人。つまり教育レベルが同じ貴族でないと無理なのだ。

さらに理解したそれを図に表せなければ商品を作ることはできない。

カルマン夫人だって一応は貴族だが、それは大人になってから手に入れた爵位だ。

生まれた時から上流階級のニコラやナイジェルとは文化レベルにだいぶ差がある。

ナイジェルは詩や文学にも精通している。由緒正しい侯爵家の生まれで、幼い頃から一流品に囲まれて育ってきた。平民は覗き見ることも叶わない貴族の舞踏会や夜会の様子にも詳しい。

おまけにデザイン画が描けるのだ。

ナイジェルはニコラの思い描くドレスの説明を聞きながら、その場でささっと五着分のデザイン画を描いた。

ニコラはそれを確認し、何箇所か訂正させたものの概《おおむ》ねイメージ通りだったようだ。

（五着も！　デザイン画さえでき上がっていれば、後は単純に縫うだけ……）

カルマン夫人は興奮のあまりごくりと喉を鳴らした。その様子見たユーニスはすかさず畳みかける。

「で。独占契約と四割でお願いします、カルマン夫人」

ナイジェルの代わりを探すことは難しい。上位貴族の教養がある上に絵が描けて、この仕事を引き受けてくれる人なんてそうそういない。だからユーニスは強気だ。

（ビジネスは素人のくせに肝が据わっているわね）

カルマン夫人は内心舌を巻いた。しかし四割はあまりに多い。

交渉はまとまらず、保留となった。


カルマン夫人はその後も頭の中でそろばんを弾きながら悩み抜いた。

しかしどんなに考えても、ナイジェルにデザイン画を依頼する以外にこのプロジェクトを成功させる方法はないと悟った。

売るドレスの数を大幅に増やせば四割持っていかれたとしても、利益も十分出るだろう。

もう彼女の言う通りにするしかないかな、と諦めかけていた時にユーニスがやってきた。

「別のお願いを聞いていただければ、三割にまけても構いません」

なんと、ユーニスのほうからの譲歩だ。

『別のお願い』とやらの内容を聞いた夫人は絶句した。

カルマン百貨店の宝石売り場にある巨大なダイヤの指輪をくれと言うのだ。

「冗談じゃないわ！　あのダイヤは天文学的な値段なのよ」

その指輪は八年くらい前に胡散臭い男が売りに来た。

男の身なりとダイヤの大きさがあまりにちぐはぐで、盗品じゃないかと疑ったくらいだ。

その後きちんと鑑定し、本物であると確認され売り場に並んだはいいが、高すぎて買い手がつかないまま八年が過ぎた。

「あれはよほどの馬鹿か金持ちでなけりゃ買わない高い指輪なのよ」

「あの指輪の販売価格は今売り場に出ている通りだとして――」

ユーニスはちょっとずるい顔をして交渉してきた。

「あの指輪を買い取った時の金額はどうでした？　相手が無知なので安く買い叩いたのではありませんか？」

夫人は買取価格は把握していなかった。

そこで帳簿を確認してギョッとした。適正価格の百分の一という安さで買い取っていたからだ。

やはり盗品だったのかもしれない……と夫人は思った。少なくとも売った人間はその価値を分かっていなかったようだ。

ユーニスはその指輪を売ったクソ野郎を知っていた。八歳まで散々こき使われ、いびられていたのだ。そして、その男に指輪の正しい価値など分かるはずもないことも理解していた。

カルマン夫人の心は決まった。八年間売れなかった指輪だ。今後も売れない可能性が高い。売れない高級品より、未来ある事業に賭けてみたい。

そして交渉は成立したのである。


ユーニス一人でやっていた工房は新たに大量のお針子を雇い入れた。

ナイジェルはワンシーズンに二回ニコラ夫人と会ってデザイン画を描く以外は、のんびり過ごす。

ユーニスのアイディアで『ニコラ・バーンホフ』のドレスを着たユーニスがカルマン百貨店の売り場に立ったら売り上げが倍増した。実際に人が着たほうがイメージが摑みやすいからだ。

今でいうところの「モデル」役を買って出たのである。

ユーニスの商才をカルマン夫人は絶賛した。そして「もっと早くユーニスと知り合っていたら、息子の嫁に欲しかった」と言ったので、ナイジェルは数日間「ロバート・カルマンにユーニスを寝取られる」悪夢にうなされた。

◇◇◇

「うふふ」

ユーニスは大きなダイヤをはめた指を眺めて笑った。

「私の指輪が返ってきたわ」

「大体俺はカルマン家とは二度と関わりたくないんだよ」

ナイジェルはブツブツ言う。

「カルマン百貨店の仕事をするより、道端で似顔絵描きをやるほうがいい」

ナイジェルはカルマン家に苦い思い出があるのだ。トラウマになるくらいの。

「ダメ！」

ユーニスはピシャリと言った。

「私の顔以外描いちゃダメだから」

「ユーニス！」

ユーニスの可愛いやきもちにハートを鷲摑《わしづか》みにされたナイジェルは、あっさりカルマン家に対するわだかまりを捨てた。

「大体ナイジェル様は金銭感覚が甘いんです」

ユーニスは言う。

「この指輪だって丸ごとあの宿屋の主人に渡さず、先に売って換金してからそのお金の一部で私をもらい受ければよかったのに」

「いいんだよ。あの時は一刻も早く君をあそこから連れ出したかったんだよ」

それを聞いたユーニスは嬉しそうにナイジェルに抱きついてきた。

「うふふ。まあ、確かに……あの時のナイジェル様、カッコよくて胸がキュンとしました」

可愛い……とナイジェルは思った。

自分が救って、自分が育てて、自分のことをずっと想っていてくれて、自分のために他の誰にも身体を触らせないでいてくれて、自分のことをヒーローだと言ってくれるちょっぴり我儘な子猫みたいな女の子。

九年前、人生のすべてを失ったと思っていたけど。結局自分は一番欲しかったものを手に入れたのだ。

もしディアンドラに振られていなかったら、自分は川に入らず、ディーにも出会わなかっただろう。

もしディーがいなかったらあの宿屋に立ち寄らなかっただろう。

もしポケットにあの指輪を入れていなかったらユーニスを救えなかっただろう。

……もしかしてディアンドラとの出会い自体、ユーニスと出会うための……

「ちょっと！　他の女の人のこと考えてるでしょ！　分かりますよ！」

ナイジェルの思考は鬼の形相をしたユーニスに中断される。怒るとユーニスはちょっと凶暴だ。

でも怒って暴れても引っ掻かれても、可愛くて仕方がない。

ナイジェルは暴れるユーニスの手首を摑んでベッドに縫い留める。

「じゃあ俺の頭の中、君でいっぱいにしてくれるかい？」

そう言うと優しく唇を重ねたのだった。

……………残念なことにナイジェルは気付いていないのだ。

捕まえたと思っている子猫は実は虎の子で、捕まったのはナイジェルのほうだということに。

あとがき

はじめまして。玉川玉子と申します。

この度は『領地を立て直したい嫌われ者のお色気令嬢は成り上がり貴族に溺愛される』をお手に取っていただきありがとうございます。


本作の主役であるディアンドラとロバートは、もとは別の作品の脇役でした。

美男美女で異性にモテモテの二人は常に自信に満ち溢れ、ヒロインとヒーローを不安にさせる役どころだったのですが、ふと「彼らには彼らなりの悩みがあるのでは？」と思ったことがこの作品が生まれるきっかけとなりました。

私は脇役に感情移入しがちな性質らしく、本作を書いているうちに今度はナイジェルが気になりだし、それが番外編へとつながりました。単純に悪役として切り捨てるのではなく、彼なりの想いや事情があったことを伝えたくなってしまったのです。お陰様で、ウェブに投稿した際にはナイジェルに関するコメントをたくさん頂きました。

ナイジェルが無事に幸せになってからは、他のキャラクターたちのその後を妄想する日々を送っています。脇役も視点を変えると主役になり、それぞれのドラマがあるのだと思うと楽しくて。婚約者がいなくなったクロエはこれからどうするのか、キャロラインが恋を知る日は来るのか、奥手だったジョンはランバルド夫人に鍛えられてどう変わっていくのか……等々、妄想は尽きません。

本書の出版に関し多大なご尽力を頂きました皆様に、この場をお借りして感謝申し上げます。文章の作法もわからず自己流で書いた作品が、プロの校正・校閲を経て整っていく様は、まるで少女漫画でよく見かける『冴えないヒロインが磨かれて美少女に変わる』様子さながらで、非常に感動的でした。

私の拙い原稿をびっくりするくらい丁寧に読んで、的確な助言ときめ細かいサポートをして下さった編集様、ロバートとディアンドラの色っぽさと内面の不器用さを絶妙なさじ加減で表現し、美麗なイラストにして下さった駒田ハチ先生、『小説家になろう』並びにSNSで温かい励ましの言葉や感想を下さった読者の皆様、そしてこの本を手に取って下さった方々。こうして無事に一冊の本として世に出すことができたのは皆様のご支援のおかげです。本当にありがとうございました。

二〇二三年二月吉日　玉川玉子

この本を読んでのご意見・ご感想・ファンレターをお待ちしております。
＜宛先＞〒104-8357　東京都中央区京橋 3-5-7
（株）主婦と生活社　PASH! ブックス編集部
「玉川玉子先生」係
※本書は「小説家になろう」（https://syosetu.com）に掲載されていたものを、改稿のうえ書籍化したものです。
※この作品はフィクションであり、実在の人物・団体・法律・事件などとは一切関係ありません。

PASH! ブックス

領地を立て直したい嫌われ者のお色気令嬢は成り上がり貴族に溺愛される

2023年３月13日　１刷発行

著　者　玉川玉子
イラスト　駒田ハチ
編集人　春名 衛
発行人　倉次辰男
発行所　株式会社主婦と生活社
〒104-8357　東京都中央区京橋 3-5-7
03-3563-5315（編集）
03-3563-5121（販売）
03-3563-5125（生産）
ホームページ　https://www.shufu.co.jp
製版所　株式会社明昌堂
印刷所　大日本印刷株式会社
製本所　小泉製本株式会社
デザイン　井上南子
編集　堺 香織

　ISBN978-4-391-15932-5